Fred Haller

Kriminelle Bagage

Kriminelle
Bagage

Kurzkrimis, Kurioses und Historisches.

Lektorat: Katrin Drton, Eggenfelden
Korrektorat: Wortvergnügen Barbara Lösel, Nürnberg

Verlag: BoD · Books on Demand GmbH,
Überseering 33, 22297 Hamburg, bod@bod.de
Druck: Libri Plureos GmbH,
Friedensallee 273, 22763 Hamburg

ISBN: 978-3-7597-3383-2

Inhaltsverzeichnis

DIE BAYERISCHE VOLKSERHEBUNG 1705/06

"LIEBER BAIRISCH STERBEN, ALS KAISERLICH VERDERBEN!"

Wie immer ging es um Macht und Reichtum. Dieses Mal um nichts Geringeres, als um die spanische Krone. Denn der König starb ohne Nachkommen und rief zwei seiner Schwager auf den Plan, die das Erbe für sich beanspruchten. Ludwig der Vierzehnte von Frankreich ebenso wie der Kaiser in Wien. Bündnisse wurden geschlossen. Der bayerische Kurfürst Max Emanuel setzte dabei leider aufs falsche Pferd und stellte sich auf die Seite des Franzosen. Nach mehreren empfindlichen Niederlagen auf dem Feld floh Max Emanuel in die Niederlande und musste Bayern in der Hand einer kaiserlichen Besatzungsregierung zurücklassen.

Zigtausende ausländische Soldaten nahmen im Land Quartier und mussten versorgt werden. Hohe Steuern belasteten die ohnehin stark gebeutelte Bevölkerung.

Plünderungen, Erpressungen und alle vorstellbaren Gräueltaten waren an der Tagesordnung. Und um die Mannverluste auf den Schlachtfeldern aufzufüllen wurden junge Burschen rücksichtslos in das Besatzerheer zwangsrekrutiert und gefügig gemacht.

Doch das Volk erhob sich. "Lieber bairisch sterben, als kaiserlich verderben!" war die Losung der Aufständischen, die sich im Winter 1705/06 sammelten, um die Kaiserlichen zu vertreiben. Im Oberland trafen sich etwa 3000 Mann im Kloster Schäftlarn und zogen am Heiligabend gen München. Einen kleinen Erfolg erzielten sie am Roten Turm, wurden aber nach einer Weile zurückgedrängt. Am Glockenbach gab es viele Tote. Die Versprengten sammelten sich an der Sendlinger Pfarrkirche, doch als sie sich ihrer Ausweglosigkeit bewusstwurden, legten sie die Waffen nieder und ergaben sich. Die Soldaten gingen trotzdem als Schlächter über sie hinweg. Mehr als 1000 Bauern wurden in der Sendlinger Mordweihnacht, am 25. Dezember 1705, erbarmungslos niedergemetzelt.

Doch noch waren die Landesverteidiger nicht besiegt. In Niederbayern waren viele Kleinstädte wieder unter bayerische Hoheit gebracht worden. Am Neujahrstag führte deshalb General von Kriechbaum, der die Sendlinger Schlacht befehligt hatte, eilig ein starkes Reiterkorps ostwärts. Sie zogen über Neumarkt und Eggenfelden in Richtung Vilshofen.

In Niederbayern waren es rund 7000 Männer, die sich auf den Kampf einschworen. Ein vorsichtig agierender

General der Landesverteidiger aber zögerte und weigerte sich, mit seiner Truppe aus Burghausen unterstützend einzugreifen. Den Untergang des unerfahrenen Heeres sah er schon im Voraus besiegelt. Er erklärte: Er habe zwar gelernt, Soldaten zu kommandieren, aber nicht Bauern. Und er wolle sich lieber massakrieren lassen, als mit Bauern gegen einen regulierten Feind zu kämpfen. Kraft in den schrundigen Händen hatten die aufgebrachten Burschen wohl, denn harte Arbeit war ihr Los von klein auf. Aber was konnten Knüppel und Sensen gegen die erfahrenen Soldaten Österreichs schon ausrichten!

Indes unterrichtete ein Verräter General Kriechbaum darüber, dass der große Trupp der Volkserhebung bei Aidenbach lagerte und Verstärkung vom Inn her erwarte. Er bot sich sogar als Führer an. Am Morgen des 8. Januar ordnete der General seine Scharen bei Haidenburg und rückte schnell gegen Aidenbach vor.

In dem überraschten Lager begann ein fürchterliches Geschrei aus tausenden Kehlen, doch die Bauern wussten von keiner Kriegs-Strategie. Auch nichts davon, wie gefährlich es war, beim Kämpfen Reih und Glied zu verlassen. Einzelne Haufen, die vorwärts drängten, wurden von den Husaren umzingelt und niedergehauen. Entstandene Lücken nutzten die Feinde, um hinter die Linien zu dringen und großen Schaden anzurichten. Von einer echten Kampfkraft der Bauern war zu keiner Zeit zu sprechen. Ihr Anführer, Johann Hoffmann, vermochte seine Männer nicht zu steuern und floh nach kurzer Zeit mit einigen Reitern in die nahegelegenen Wälder. Die Aufständischen fielen zu Hauf. Die eisigen Böden der Felder und Hügel waren mit Leichen übersät. Höfe und Dörfer wurden angezündet und alles, was nicht in den Flammen umkam, das fiel unter den Klingen der Reiter.

Mit der Schlacht von Aidenbach brach der Widerstand im Land vollständig zusammen. Er hatte auf bayerischer Seite 10.000 Menschenleben gefordert. Was aber das Bauernherz zusätzlich mit großem Schmerz erfüllte, das war die Reaktion des Kurfürsten Max Emanuel, der in Brüssel von den Ereignissen in der Heimat erfuhr. Statt Trauer zu bekunden, verfluchte er die Aufständischen. Die Stellung des Adels dürfe zu keiner Zeit in Frage gestellt werden, so der Landesvater, und dergleichen Volksrevolten sollen im Keim erstickt werden.

Die Zeit war noch lange nicht reif. Sie war nicht reif für Freiheit, Gleichheit und Brüderlichkeit.

Alter Kinderreim:

Rumbedibum
der Kaiser geht um!
Mit Händen und Füßen, mit blutigen Spießen.
Hatt dFenster eingschlagn,
hatts Blei davon tragn.
Hatt Kugeln draus gossn
und dBauern derschossn.

SCHARFE SCHÜSSE
IN AIDENBACH

Ein großes Spektakel wird den vielen Zuschauern geboten, die zu dem Schauspiel über die Bauernschlacht vom 8. Januar 1706 nach Aidenbach kommen. Alle paar Jahre klirren die Säbel in dem kleinen Ort unweit des bekannten Bier- und Wallfahrtsortes Aldersbach. Laien schlüpfen in die Rolle von bärtigen Rebellen oder resoluten Bäuerinnen. Auch für die feindlichen Soldaten finden sich Freiwillige. Gut, dass alles nur gespielt ist, dass nur Theaterblut vergossen wird! So können die Gäste dieses sommerliche Event ganz entspannt von ihren Plätzen aus erleben. Sie müssen die Härte des Krieges nicht am eigenen Leibe spüren. Und wer nicht einmal die Härte der Sitzbank ertragen möchte, der nimmt sich halt von Zuhause ein bequemes Kissen mit.

Die Aufführung war wieder ein voller Erfolg. Es herrschte gute Stimmung, gutes Wetter und alles lief perfekt an diesem zweiten Spieltag. Über den mit Holzschnitzel und Stroh ausgestreuten Platz stoben ein paar gackernde Hühner. Rücksichtslose Soldaten hatten den Ort überfallen und junge Bauernburschen gefangen genommen. Denn wer nicht freiwillig mitging, der wurde damals ins Militär zwangsrekrutiert. Wütende Frauen mit weißen Kopftüchern klagten und schrien durcheinander, Bauern schwangen Holzstecken. Dann trat Plinganser auf, der Anführer der Rottaler Freiheitskämpfer. Der charismatische Mitvierziger in edlem Mantel und Dreispitz auf dem Kopf rief zum Widerstand. Er forderte Vergeltung und Befreiung.

Allmählich dämmerte es. Fackeln waren entzündet worden und der harzige Duft eines Fichtenfeuers zog durch die Reihen der Zuschauer. Es war ein Erlebnis für alle Sinne. Überall Begeisterung – außer dort, wo Überempfindliche gleich zu husten begannen und nach frischer Luft schnappten. Hinter der hölzernen Häuserattrappe auf der linken Seite der OpenAir-Bühne sammelten sich im Verborgenen bereits die österreichischen Soldaten. Die rechte Seite bevölkerten aufgeregte, mit Sensen und Dreschflegeln bewaffnete, Rebellen. Eine Gruppe Bauern in schmutzigem Outfit, manche barfuß, waren zum todesmutigen Kampf bereit. Irgend so ein Spaßvogel aus der Tribüne rief völlig deplatziert: "Nieder mit de Preißn!" Es nahm niemand Notiz davon, und das war gut so. Gerade als die Zuschauer irritiert nach weiterer Handlung suchten und die ersten einen Blick auf ihre Uhr warfen, kündigte sich doch das große Finale an. In sicherer Entfernung donnerten dumpfe Kanonenschüsse. Militärische Befehle wurden gerufen und Kriegsgeschrei riss alle wieder in den Bann der Geschichte. Menschen gingen auf einander los. Schüsse krachten und aus den historischen Gewehrläufen sprühten Feuerblitze. Die ganze Szenerie war im Nu in unglaublichem Pulverrauch vernebelt. Kampfschreie, Schmerzensschreie und Hilferufe.

Allmählich drängten die Soldaten in ihren graugrünen Waffenröcken nach rechts aus der Bildfläche hinaus, um den wenigen verbliebenen Rebellen nachzusetzen. Auf der Bühne blieben leblose Körper zurück. Dann kamen trauernde Frauen aus ihren Verstecken. Ein Schluchzen und Jammern begann, ganz so, wie man es erwarten konnte.

Doch auf einmal kreischte eine der Damen los, als wäre sie von der Tarantel gestochen. In ihrem Schoß hielt sie den Kopf eines Mannes, der offensichtlich noch nicht ganz erlöst war. Sie hob die blutverschmierten Hände in die Höhe und schrie gellend, während alle anderen Schauspieler um sie herum verstummten. Irgendetwas lief da nicht nach Plan. Hinter dem Bühnenbild, einer Holzwand, war plötzlich die Stimme des Regisseurs zu hören, der die Aufführung durch einen schmalen Schlitz verfolgte.

"Sakradi, was isn da los?", schimpfte er. "Hermann, schau einmal nach!"

Ein gewandeter älterer Kerl schlich gebeugt zu dem Paar auf der Bühne. Nach einem Moment wandte er sich an den Schlitz in der Wand und winkte um Hilfe. Manche Zuschauer waren von ihren Plätzen aufgesprungen, um zu sehen, was da vor sich ging. Der Regisseur und ein weiterer Helfer eilten herbei und zu dritt zogen sie den inzwischen bewusstlos gewordenen Mann mit nach hinten hängendem Kopf aus dem Sichtfeld der Gäste.

Ein seltsames Ende. Ein Ende mit Schrecken, das die letzten verbliebenen Spielminuten mit Betretenheit füllte. Der Schlussapplaus wurde jäh durch ein daher brausendes Martinshorn abgewürgt. Rettungswagen, Notarzt und etwas später die Polizei.

"Was ist denn passiert?", fragte der Beamte den Regisseur, der aufgeregt an seinen Fingernägeln kaute.

"Ein glatter Bauchschuss, sagt der Arzt! Es ist völlig absurd – wir haben nie mit scharfer Munition geschossen!"

"Ja, wie gibts denn das dann?"

"Fragen Sie mich etwas Leichteres. Wir haben einen Zeugwart, der für die Waffen zuständig ist. Er lädt auch meistens die Pistolen und Gewehre."

"Was heißt meistens?"

"Ja, mei. Wer es kann, der machts halt selber."

"Wo ist denn euer Zeugwart? Kann ich den sprechen?"

Der Regisseur blies durch die Zähne. "Der ist völlig aus dem Häusl, hochgradig herzkasperlgefährdet."

"Hm", antwortete der Polizist, "ich muss ihn trotzdem befragen."

Derweil stellten weitere Beamte alle Schusswaffen der Spielertruppe sicher und versuchten eine Zuordnung zu erfahren, wer mit welchem Schießeisen aufgetreten war. Es stellte sich schnell heraus, dass es eine Liste mit der genauen Ausstattung der Spielleute gab.

"Wer ist überhaupt der Verwundete?", fragte der leitende Polizist, als er feststellte, dass er sich über diese doch recht wichtige Personalie noch gar nicht erkundigt hatte.

"Der Finkn Roland."

"Erzählen Sie mir von ihm! Was ist das für ein Mensch?"

"Mei, was soll ich da sagen? Ende Dreißig, geschieden – schon ein paar Jahre. BMW-Arbeiter. Der spielt das dritte Mal mit, glaub ich. Ned zwider, wie man so sagt."

"Lebt er allein?"

"Sein Haus ist bei der Scheidung draufgegangen. Jetzt wohnt er wieder bei den Eltern."

***

Die Ermittlungen zu dem Fall wurden der Kriminalpolizei übergeben. Alle Waffen wurden sichergestellt und untersucht. Die weiteren geplanten Aufführungen konnten schon allein aus diesem Grunde nicht mehr stattfinden. Aber davon abgesehen, war allen Beteiligten die Lust an der Bauernschlacht vorerst vergangen. Das Projektil stammte aus einer historischen Waffe, soviel war schnell klar, aber aus keinem der untersuchten Exemplare war die Kugel abgefeuert worden. Es fehlte auch nichts aus der Ausstattungsliste. Die Polizei befragte mehrfach den Zeugwart, den Regisseur, die Gewehrträger und natürlich das Opfer, das sich nach einer Notoperation recht bald wieder erholt hatte.

"Herr Fink, ich weiß, das ist eine ungewöhnliche Frage, aber gibt es jemanden, der Ihnen Böses will?", wollte der Kommissar wissen.

"Meine Ex will mir bestimmt nix Gutes, aber solang ich ihr noch Unterhalt zahlen muss, ist die gewiss an meiner Gesundheit interessiert."

"Wir prüfen das trotzdem." Er notierte sich den Namen und die Adresse. "Es muss einen Grund für den Mordversuch geben. An einen Unfall kann ich nicht glauben." Dann schnitt er ein anderes Thema an. "Reden wir über Geld: Wie kommen Sie finanziell zurecht? Sind Sie jemandem etwas schuldig? Wer erbt im Fall Ihres Ablebens? Wie lange zahlen Sie noch an Ihre geschiedene Frau und wie ist das Verhältnis zu ihr?"

Fragen über Fragen und Roland Fink wurde ganz schwindelig dabei. Doch er antwortete geduldig.

"Und wie verstehen Sie sich mit den Eltern, mit denen Sie zusammenleben. Ich stell mir das schwierig vor? Da hab ich meine eigenen Erfahrungen gemacht."

"Nein, wir vertragen uns gut", entgegnete er. "Die sind froh, dass sie die Manuela nicht mehr ertragen müssen. Auch wenns Geld kostet."

"Naja, es ist nicht ihr Geld – also nicht das Geld Ihrer Eltern", stellte der Kommissar fest.

"Sie unterstützen mich ein wenig. Wenns halt Not tut."

"Wann ist das denn der Fall?", witterte der Polizist eine Spur, ohne dass er schon eine konkrete Idee hatte.

"Eine Finanzspritze fürs Auto, oder für den Urlaub halt – solche Sachen."

"Haben Ihre Geschwister damit ein Problem? Sie haben zwei Brüder, soweit ich weiß."

Roland Fink zischte nur abfällig und zuckte die Schultern. Die Brüder waren älter als er, aber sie waren beide gut versorgt, hatten Familie und ließen sich kaum bei den Eltern blicken. Die kriegten die Dreingaben der Eltern an den Jüngsten vermutlich gar nicht mit. Man musste sie auch jetzt nicht darauf stoßen.

"Ach, die sollen sich um ihren Kram kümmern."

"Ist jemand von Ihren Brüdern in einem Schützenverein?"

"Ja, der Siegi", bestätigte er. "Mit dem passts aber zurzeit einigermaßen."

Siegfried Fink war ein seltsamer Typ. Total schleimig und übertrieben gesprächig. Er war angeblich so bestürzt gewesen, und er hatte sich von diesem Unglück noch immer nicht erholt. Das Unglück, wohl gemerkt, das sein Bruder erlitten hatte, der aber inzwischen vollständig genesen war. Nicht auszudenken, wenn der kleine Bruder gestorben wäre! Man weiß halt nie, bei so alten Waffen, was da passiert. Da konnte leicht einmal eine falsche Zündladung gestopft werden. Er wusste das. Er hatte vor vielen Jahren auch mitgespielt und da wäre so etwas auch schon beinahe einmal passiert. Eine Schusswaffe bleibt eine Schusswaffe. Gott sei Dank war der arme Roland am Leben!

Nach einigen Monaten waren alle Daten ausgewertet, alle beteiligten Personen befragt und trotzdem verdichtete sich kein Tatverdacht, der zu einer gerichtlichen

Untersuchung reichte. Einzig den Regisseur hatte die Polizei wegen Fahrlässigkeit noch am Wickel, da die Handhabung der Munition ordnungswidrig geregelt war.

***

An den Biertischen beim Weißbräu in Aidenbach blieb die scharfe Bauernschlacht aber noch lange Gesprächsthema.

"Der Finkn Roland ist halt eine harte Sau, gell! Den bringt so leicht nix um. Wer weiß, wie es ausgegangen wär, wenns den Apotheker erwischt hätte", bemerkte einmal ein Wirtshausgast beiläufig.

"Wieso den Apotheker akkrat?", hakte sein Freund Lorenz nach, der sich sehr für die Highlights am Ort interessierte. Er machte Pressearbeit. Als freier Schreiberling für die Passauer Presse hatte er in den letzten Wochen viele Berichte verfasst.

"Na, der Engel sollte doch eigentlich den tragisch verunglückten Bauern spielen. Aber der war an diesem Nachmittag nicht gut beieinander."

Lorenz kam ins Grübeln. Roland Fink war an diesem Nachmittag kurzfristig für die recht einfache Rolle eingesprungen. Er stand zufällig auf diesem Platz, als die Österreichischen ihre Vorderlader abfeuerten. Konnte es sein, dass die Kugel gar nicht ihm gegolten hatte? Falls es sich nicht um einen seltsamen Unfall handelte, hätte am Ende der Apotheker ins Gras beißen sollen?

Lorenz fuhr so aufgeregt und geistesabwesend herum, dass er sein Bierglas umstieß und der Gerstensaft von der Tischplatte tropfte.

"Herrschaftszeiten!", schimpfte sein Gegenüber, "Das gute Bier!"

Lorenz wischte die Misere mit einem Bierdeckel über die Kante auf den Wirtshausboden. Seine Ungeschicktheit war ihm peinlich. Da hatte gerade etwas Hellsichtiges aufgeblitzt, doch das Missgeschick machte ihm für einen Moment einen Strich durch die Rechnung.

"Wart, ich bestell dir eine Schnabeltasse!", zog ihn ein anderer Gast auf. Lorenz ärgerte sich darüber und wäre am liebsten nach Hause gegangen. Die Wirtin aber brachte ihm eine frische Halbe. Er war noch nicht fertig an diesem Abend. Es gab eine neue Spur. War denn im Grunde die ganze Ermittlung um den Finkn Roland für die Katz gewesen?

***

Am nächsten Morgen, Samstag um halb neun, stand Lorenz bei Regisseur Eisensamer auf der Matte. Die ganze Nacht hatte er gegrübelt und nur wenig Schlaf gefunden. Ihm war etwas eingefallen. Lorenz wusste davon, dass der Apotheker Stress mit seinem Nachbarn hatte und dieser war im Schauspiel einer von den kaiserlichen Soldaten gewesen. Müde und mit üblen Kopfschmerzen hatte Lorenz sich auf den Weg gemacht.

Eisensamer öffnete sichtlich unmotiviert die Haustür. Er war barfuß und seine Frisur, soweit man den kleinen Rest an Haarwuchs noch so bezeichnen konnte, war noch recht verlegt. Seine Stimme klang rau. "Was is los? Wegen der Bauernschlacht wieder? Nimmt das denn kein Ende um den Finkn? Ich mach grad Kaffee."

"Ah, Kaffee! Hast du eine Tasse für mich übrig?"

Lorenz durfte bleiben. Er streifte in der Diele seine Schuhe ab und tappte hinter dem Regisseur in die Küche. Es sah, gelinde gesagt, ein wenig unordentlich aus. Geschirr türmte sich in der Spüle und der Esstisch gab kaum ein freies Plätzchen für die Kaffeetassen her.

"Meine Frau ist für ein paar Tage zu ihrer Mutter. Die ist schon über 80 und wird langsam ein wenig wirr. Und ich krieg hier bald die Krise. Aber was willst du denn nun wissen? Schreibst du wieder einen Bericht?"

"Naja, äh ... ich bin nochmal in den Fall verwickelt, sozusagen, und muss ein paar Infos zusammentragen", stöpselte Lorenz herum. "Kannst du mir nochmal genau schildern, wie sich die Szene abgespielt hat? Ich hab Papier. Wo genau wurde der Roland angeschossen? Wo standen welche Soldaten? So viele waren das ja auch gar nicht."

"Das waren genau dreizehn Mann in einem ziemlichen Durcheinander."

"Aber manche kann man sicher ausschließen. Und andere standen genau in Schussposition. Wo war denn zum Beispiel der Fronauer Sepp?"

"Hä? Der Sepp? Wieso?"

"Ja, weil der halt auch ein Österreicher war. Er fällt mir grad ein, der Nachbar vom Apotheker."

Der Regisseur überlegte. Er nahm einen Schluck vom schwarzen Kaffee und schüttelte stumm den Kopf. "Der Sepp … ah, jetzt weiß ichs! Der Sepp hat sich doch über die Jasmin, also über so ein armes Bauernmädel, hergemacht. Der hatte kein Gewehr, nur einen Säbel.

"Mist!", entfuhr es Lorenz.

"Aber du hast schon recht, den einen oder anderen kann man ausschließen. Nur – dieses Spiel hab ich doch mit dem Kommissar auch lange durchgekaut. Es gibt eine Liste, wo jeder Spieler mit seiner ganzen Ausstattung aufgeführt ist."

"Hm. Gibt es Gewehre, die nicht auf dieser Liste sind? Reservezeugs, oder so?"

"Ich glaub nicht. Die Sachen machen ja was her. Und was wir haben, das zeigen wir auch."

"Na dann sinds also noch zwölf. Schaun wir mal, ob sich was auftut."

Es tat sich nicht viel auf. Acht Mann trugen Schusswaffen und bewegten sich im möglichen Raum. Acht von dreizehn hatten Gelegenheit die Kugel abzufeuern. Nicht aber der Nachbar des Apothekers.

***

Lorenz brauchte ein Aspirin gegen seine Kopfschmerzen. Er hielt wenige Meter vor dem Haus, wo ihm schon von der Fassade ein gelocktes Engelsgesicht entgegenlachte. In der Engel-Apotheke am Marktplatz von Aidenbach herrschte reger Betrieb. Bettina Lohmann überreichte gerade eine kleine Packung und erklärte der Kundin, wie sie das Medikament einnehmen solle, als sie eine Kollegin mit irgendeiner Frage ansprach. Betti war auch eine eifrige Laienschauspielerin und eine sehr gute Bekannte von Lorenz. Sie war die Frau gewesen, die den angeschossenen Roland Fink im Arm gehalten und einen Schreikrampf gekriegt hatte. Das arme Ding! Mit ihrem Mann Bernd hatte Lorenz in der Jugendzeit die Fischerprüfung gemacht.

Indes fingen die beiden Angestellten beinahe an zu streiten. Lorenz verwunderte sich über den harschen Umgangston unter den beiden Kolleginnen. Als er genauer hinsah, erkannte er in der Anderen die Frau Engel, die Chefin der Apotheke. Nun kam auch ihr Mann in den Verkaufsraum. Er steckte mehrere Schachteln in eine kleine Tüte und legte eine Packung Papiertaschentücher als Dreingabe obenauf. Lorenz beobachtete ihn sehr genau. Dabei entging ihm nicht, dass der Apotheker mit seiner Angestellten Betti offensichtlich keinen Grund zur Klage hatte. Er lächelte sie sehr freundlich an und Betti dankte es ihm mit einem ebenso strahlenden Ausdruck.

Als Lorenz wieder im Auto saß, verspürte er ein seltsames Gefühl. Die Vertrautheit zwischen dem Engel und der Betti war ihm aufgefallen. Ob da was lief zwischen den beiden? Die Betti war doch verheiratet! Lorenz stieg nochmal aus. Er streunte vor den Schaufenstern herum und stierte zwischen den Exponaten in den

Verkaufsraum der Apotheke. Und ja, da meinte er – hundertprozentig sicher war er sich aber nicht – eine anzügliche Berührung gesehen zu haben. Das war ein Ding! Nun musste er mit seinem alten Bekannten Bernd sprechen, vorsichtig! Lorenz lenkte seinen Wagen in die Einfahrt der Lohmanns. Inzwischen war es fast zehn Uhr vormittags. Er atmete tief durch, als er vor der Tür stand und die Klingel drückte. Über ihm öffnete sich ein Fenster.

"Wer ist denn da?" rief die Oma, Bettis Mutter, vom ersten Stock herunter.

"Ich bins, der Lorenz. Ich möcht mit Bernd reden. Ist er daheim?"

"Der Bernd? Der ist doch ausgezogen! Die beiden wollen nicht mehr zusammen sein."

Jetzt kommts aber dicke, dachte Lorenz. Mit offenem Mund starrte er zu der alten Frau nach oben. Er rieb sich das Ohr, das manchmal zu jucken begann, wenn er sich aufregte.

"Das gibts doch nicht! So ein Aff! Und wo ist er hin? Wo find ich ihn?"

"Er hat ein Zimmer über der Pizzeria, glaub ich."

"Ah, dann weiß ichs schon. Danke!"

***

Nur fünf Minuten später saß Lorenz bei Bernd Lohmann am Tisch. Der war vielleicht schlecht drauf. Es hatte den Anschein, dass er am Vorabend zu tief ins Glas geschaut hatte.

"Mensch, Bernd", begann der alte Kumpel mitfühlend, "dich hats ja ganz schön erwischt. Es tut mir echt leid um euch beide."

"Ach geh, mit den Weibern hat man nur sein Kreuz!"

"Hast du eigentlich noch die alte Pistole von der Bauernschlacht?"

Bernds Augen wurden feucht. Er nahm die Brille ab und wischte sich die Tränen fort. Nach der langen Zeit des Schweigens und des Vertuschens war er in der Stimmung alles hinzuschmeißen. Seine Augen stierten ins Leere, aber er nickte. Lorenz' dringender Verdacht war damit bestätigt. Bernd war keiner der acht. Ihm war keine Waffe zugedacht und doch hatte er sich eine besorgen können.

"Bernd, weißt du noch, wie wir beide an der Vils schwarzgefischt haben? Du hast aufpasst und bist immer wieder den Feldweg vorgelaufen, um zu schaun, ob jemand kommt. Ich würd dich nie verpfeifen! Du musst dich selber anzeigen, dann wird alles halb so schlimm."

"Wie bist du nur auf mich gekommen, Lenz? Das gibts doch nicht!"

"Beim historischen Spiel durftest du keine Brille tragen. Du hast auf den Falschen geschossen, Bernd. Du wolltest den Apotheker ausschalten."

"Ich seh doch so schlecht! Und die sind beide so rotschopfert. Ausgerechnet der Roland, der hat genauso ausgeschaut wie der verfluchte Apotheker!"

24

Der Zuspruch des alten Freundes war für Bernd Lohmann wie eine Befreiung. Noch am selben Tag rief er den verdutzten Kommissar an, der im Rahmen der Ermittlungen ein paarmal kurz mit ihm gesprochen hatte. Bernd Lohmann freute sich, dass sein Versteckspiel ein Ende gefunden hatte. Und Lorenz freute sich über eine richtig coole Story für die Passauer Neue Presse.

FRANZ MATZEDER 1810-1851

KURIOSES UM DAS ENDE
EINER RÄUBERLEGENDE

Das Bayernland lag darnieder, geplündert und ausgezehrt unter Napoleons Hand. Und als ob das nicht genug wäre, brach auf der anderen Seite der Erdkugel ein Vulkan aus, dessen Aschewolken herüberzogen bis in unsere Gefilde. Der Himmel war grau und die Sonne zeigte sich nicht mehr. So brachte der Winter keinen strengen Frost, jedoch der Sommer auch keine wärmenden Sonnenstrahlen hervor. Ein diffuses Licht schien durch Dunst und Asche. Zu Pfingsten tanzten schmutzige Schneeflocken vom Himmel und für zwei Jahre fiel die Ernte aus. Zu dieser Zeit war Hunger allgegenwärtig und ein guter Teil der Verzweifelten warf die Flinte ins Korn und stieg voller Hoffnung in ein Schiff, das sie in die Neue Welt fuhr. Von den anderen Armseligen, die sich nicht trauten, alles hinter sich zu lassen und auszuwandern, wurden manche in die Kriminalität getrieben.

Nie zuvor und nie mehr danach war in ganz Altbayern ein solcher Räuber bekannt wie Franz Matzeder. Der dachte nicht daran, zu fliehen. Nicht, solange es die Geldigen, die Großkopferten und Großbauern noch gab, denen man was abzwicken konnte. Doch dabei blieb es nicht. Er stahl, er raubte und mordete. Um ihn scharte sich eine ganze Gruppe von Kriminellen und bald nannte man sie mit großer Furcht die 'Matzeder-Räuber'. Mehrere Morde gingen auf ihr Konto. Lange Zeit konnte Matzeder seiner schlimmsten Verbrechen nicht überführt werden, aber trotzdem verbrachte er zweimal lange Zuchthausstrafen in München Neudeck. Er war ein Prackl von Mann, stämmig und wild. Eines Nachts erschoss er mit zwei seiner Kumpane einen jungen Bauern, der auf dem Rossmarkt eine Stute verkauft hatte. Dieser Mord wurde ihm zum Verhängnis. Ein zweites Opfer, das schwerverletzt den Überfall im nächtlichen Wald überlebte, hatte einen der Räuber erkannt und konnte gegen die Peiniger aussagen. In Pörndorf, im Landkreis Aldersbach, wurde Matzeder von Gendarmerie und Jägern überwältigt und anschließend in die Fronfeste nach Straubing gebracht. Es dauerte noch drei Jahre, bis seine Hinrichtung von König Maximilian II. bestätigt und vom Gericht angeordnet wurde.

Nachdem ihm der Vollstreckungstermin angekündigt worden war, verblieben dem Gefangenen nur noch drei Tage. Ein Kaplan bemühte sich aufopfernd, die arme Seele vor dem Verderben zu retten und Matzeder zur

Buße zu bewegen. Indes blieb der Todgeweihte ein eiskalter Hund.

Für die Hinrichtung mussten einige Vorbereitungen getroffen werden. Unter anderem wurde am Hagen, dem großen Dultplatz, südlich der Donau, eine große Schaubühne aufgebaut. Matzeder, der unweit in der Fronfeste das Hämmern der Handwerker hörte, fragte, was denn da draußen gemacht werde. Es hieß: "Zimmerleute haben was zu tun." Da entgegnete Matzeder: "Aha, da klopfen sie mir meine Falle zusammen!"

Der Eisenmeister war neben der Bewachung von Inhaftierten auch für die Verköstigung seiner Häftlinge verantwortlich. Nach altem Brauch fragte er Matzeder nach seinem Wunsch für das letzte Nachtmahl. Da staunte er nicht schlecht, als der Delinquent eine Salami verlangte. Ein Amtsdiener wurde losgeschickt, um in den Metzgereien der Stadt nach dieser Spezialität zu fragen. "Eine Salami! Bei uns in Straubing?", so fragten sie ungläubig. Ein junger Metzger bot sich schließlich an, eine Wurst nach Art der Salami bis zum nächsten Tag herzustellen. Aus Rind- und Schweinefleisch, Gewürzen, Salz und Senf mischte er ein Brät, kochte die Wurst und hängte sie noch einige Stunden in den Rauch.

Matzeder aß die Wurst am Abend vor seiner Hinrichtung mit großem Appetit. Er lobte den Erfinder dieser 'Kochsalami' und bemerkte mit einem breiten Grinsen: "Noch ein bisschen länger, wenn die Wurst wäre, dann bliebe sie mir im Hals stecken und ich wäre viel härter zu putzen (hinzurichten)!"

Das Bayerisches Volksblatt Regensburg schilderte den Menschenauflauf zu Matzeders Hinrichtung am 23. Juni 1851 folgendermaßen (Auszug aus dem Zeitungsbericht):

Der Montagmorgen brach an. Um 3 Uhr regnete es heftig, um 4 Uhr noch immer Regen, um 5 Uhr verzog sich das Gewölke ein wenig und zugleich füllten sich die Straßen und Wirtshäuser mit Fremden. Um 6 Uhr morgens waren schon alle Lokale überfüllt, in den Straßen wogte das Volk von nah und fern in dichten Massen auf und ab. Ein Fuhrwerk ums andere kam noch zu den Toren herein. Stellwägen von Regensburg, Deggendorf etc., kurz um 8 Uhr war eine Menschenmenge von mehr als 20.000 zur Hinrichtung zusammengekommen.

Um 7 Uhr war dem armen Sünder von der Stiftskirche die Heilige Kommunion ins Gefängnis getragen worden. Alles drängte dann ans Rathausgebäude hin, um dem Akt der Stabbrechung beizuwohnen, der vom Stadtgerichtsrat auf dem Balkon des Rathauses vollzogen wurde. Matzeder saß streng bewacht auf einem Wagen und zeigte bei diesem erschütternden Ritual noch immer große Festigkeit. Begleitet von Linieninfanterie und Schützen der Landwehr, allesamt blauuniformierte Soldaten, setzte sich anschließend der Zug zur Richtstätte in Bewegung. Auf der Henkerbühne stellte Matzeder ein letztes Mal seine Dreistigkeit unter Beweis. Er blickte über die Reihen der riesigen Menge und schrie ihr entgegen: "Wenn jemand dem Teufel was ausrichten will, dann soll er es nur gleich sagen, in fünf Minuten bin ich unten bei ihm!"

Die Empörung über diesen Frevel war beispiellos. Die Zuschauer tobten. Dann aber ging alles schnell. Der Scharfrichter führte einen gekonnten Streich und Matzeders Kopf rollte in die ausgestreuten Sägespäne. Um 11.15 Uhr, so ist es minutiös im Kirchenbuch notiert, wurde sein Leichnam auf dem Michaelsfriedhof in Straubing beerdigt.

Matzeder fanga

Greane Reck,
a Duzat vo de selln,
schleichan umme ums Eck
und de Hofhund belln.
Den Wuidn wollns fanga,
eahm und sei Bruat,
wolln eahm endlich daglanga,
laufan mit schneidigen Muat.
A Aufruaf is gsetz
für den Raiba Matzeder
und a Kopfgeld gar zletzt –
iatz geht's eahm ans Leder!
Im Hoiz is scho zkoid,
dass koa Bleibn nimmer sei
und koa gschlamperts Weib lasst'n hoid
in ihr Kammer no ei.
Den Wuidn gillts zfanger,
den Matzeder gillts zum daschlogn,
ob in der Stubn oder aufm Anger,
sei Seel am Deife zuatragn.
Laufts, Manner, laufts!

MORD AM KALTEN BRUNN

"Ja, dort unten, da am Kalten Brunn! Was für ein Unglück! Ich bin noch ganz durcheinander. Mei, was für ein Unglück, der Pauli!"

Die beiden Beamten der Kripo Landshut stolperten mit der aufgelösten Dame im neongrünen Running-Dress abwärts. Hinab über den kaum erkennbaren, rutschigen Waldpfad, der zu dem legendären Räuberversteck, dem Kraftort in der Senke im Schabinger Holz, führte. Das Waldgelände war an dieser Stelle tief eingeschnitten. Ein Graben führte glasklares Wasser hindurch, das seit Jahrhunderten dort von Braven und Gesetzlosen geschöpft wurde.

Elias Spund, Polizeikommissaranwärter und immer ein wenig entrückt, ließ sich auf dem Weg von einem auffallenden Vogel ablenken, der einen alten Fichtenstamm aufwärts hüpfte und wenig Notiz von der Geschäftigkeit der Beamten nahm. Wie angewurzelt verharrte der junge Mann und starrte himmelwärts. Ein Specht! Schwarz-weiß gefleckt mit rotem Schwanzgefieder – eindeutig ein Buntspecht. Das war ein Arbeitstag, der sich lohnte –

ganz nach dem Geschmack des Naturliebhabers. Ein Tatort im Fichtenwald. Es roch nach Moos und Harz. Was für eine schöne Atmosphäre für einen Leichenfund! Er sog den Duft in seine Nase und unweigerlich formte sein Gesicht ein Bild des Glücks.

"Jetzt geh halt weiter!", schimpfte sein Vorgesetzter, der sich längst ein großes Stück abgesetzt hatte.

"Da ist ein Specht!"

"Jetzt schau, dass d' herkommst!"

Elias sprang auf dem Pfad über die Wurzeln und das Waldkraut und holte schnell auf. Sie erreichten das letzte Stück, das über einige Stufen hinabführte zu der Schlucht, in der das Bächlein sein Wasser führte. Hier hatten sich die Bürger des Marktes Simbach schon während des Dreißigjährigen Kriegs vor den anrückenden Schweden versteckt. Die Geschichte schwängert diesen Ort mit einer Aura, die bis heute spürbar ist. Zumindest für den, der die Geschichten und Legenden zu hören kriegt.

Zwei verwitterte Bänke boten dort unten dem Wanderer Rast und nichts deutete auf das Unheil hin, das angezeigt worden war. Hauptkommissar Deibl machte sofort viele Fotos – von nichts. Die Meldende zeigte in östliche Richtung, wo es auf der anderen Seite wieder aufwärts ging. Jetzt erst erkannten die Männer etwas Dunkles am Boden, ein Stoffbündel, ein unheilvolles Etwas. Es war wirklich ein Mensch, der dort in seltsam verdrehter Position auf dem Rücken am Boden lag. Er starrte mit offenen Augen ins Leere. Fliegen huschten über Augen und Mund, setzten sich auf die bleiche Haut und stoben wieder davon. Ein Anblick, wie ihn Elias bislang noch nie erlebt hatte und der ihm zu Herzen ging. Ein wenig. Aber nicht so sehr, dass es ihn quälte. Da lag ein Mann, mit einem Einschussloch auf der Stirn und mit gaffenden Augen. Aber er war ihm nicht sympathisch. Ein wenig übergewichtig. Sein ausgewaschenes Batik-T-Shirt war hochgerutscht und entblößte den behaarten Bauchnabel. Es handelte sich um Paul Ölinger, den seltsamen Computerfreak, der allen im Ort ein wenig suspekt war. Die Joggerin hatte ihn sofort erkannt, als sie ihn auf ihrem Waldlauf entdeckte.

***

Deibl und Spund betraten die Wohnung des Ermordeten am nächsten Morgen, nachdem die Spurensicherung diese untersucht und Material gesichert hatte. In den wenigen Zimmern gab es eine Ansammlung von Thriller-, Psycho- und Pornozeug: Filme, Plakate, Magazine, Plastikfiguren. Überall lagen leere Cola-Plastikflaschen und anderer Verpackungsmüll. Ein Durcheinander wie bei einem Messi.

"Chef, meinst du, man darf hier den Müll rausbringen? Ich meine die Pfandflaschen", erkundigte sich Elias.

"Bist du noch bei Verstand? Du rührst hier nichts an, verstanden!"

"Aber wenn die Spurensicherung schon da war, dann …"

"Dann darf ICH hier völlig legal in die Hand nehmen, was immer ich will, aber alles wird brav zurückgelegt. Und für DICH gilt: Mit den Händen schaut man nicht!" Kommissar Deibl blickte dem jungen Kollegen streng in die Augen. Es galt, sich einen Eindruck zu verschaffen, sich in die Welt des Mannes zu versetzen, der hier gehaust hatte. Aus einem Pizzakarton, der auf dem überquellenden Schreibtisch lag, kroch eine grünblau glänzende Fliege. Deibl blätterte in losen Papieren: Rechnungen, Mahnungen, Zeitungsausschnitte über Computerzubehör, Versicherungsunterlagen und mehrere Briefe eines Software-Unternehmens, die interessant erschienen.

"Und sowas lässt die Spurensicherung einfach liegen! Das scheint mir alles sehr verdächtig. Mit dieser Firma hunnpec gabs wohl Ärger."

"Hmh."

Elias war auf einen Hocker niedergesunken und las in einem Buch, das er sich vom Dokumentenstapel genommen hatte. Derweil wühlte Deibl im Papierkorb, sichtete das Bücherbrett an der Wand, arbeitete sich systematisch Meter für Meter durch jeden Raum. Er inspizierte die stinkenden Speiseabfälle unter der Spüle, hob die Matratze aus dem Bett und sicherte eine Computer-Fachzeitschrift, die dabei auf den Boden fiel.

"Fertig", rief er schließlich erschöpft und schob seinen Kopf noch mal durch den Türspalt. Elias saß noch immer an derselben Stelle und las das Buch.

"Das gibts doch nicht. Was treibst du nur wieder? Wir sind hier im Dienst, Mann! Los, raus jetzt, ich bin fertig!"

Mit den frisch gewonnenen Eindrücken ging es als Nächstes zu Paul Ölingers Schwester. Sie und ihre Familie waren die einzigen näheren Verwandten des Opfers. Sie lebten im selben Ort und von ihrer Befragung erhoffte sich der Kommissar nähere Hinweise, die ihn auf eine Spur führen sollten.

"Jetzt pass auf, Junge! Die Inge Krampfinger ist vielleicht unsere Schlüsselperson. Die sicherste Methode, heikle Dinge zu erfahren, ist, sie zu überrumpeln und sie mit dem Verbrechen zu konfrontieren. Das klappt zu 90 Prozent. Nett sein geht später auch noch."

"Aha."

Deibl gab Gummi, er drückte die Taste für das Blaulicht und kurz darauf schaltete er sogar das Martinshorn dazu. Elias erschrak, war aber sichtlich beeindruckt. Der BMW raste über den Marktplatz in südliche Richtung hinauf zum Ortsende, bog nach links in die Schulsiedlung ein und erreichte den Ortsteil Langgraben. Dort stieß er in den Hof einer ehemaligen Landwirtschaft und bremste vor dem Wohnhaus, sodass sich zwei tiefe Spuren in den Schüttkies zogen. Die beiden Polizisten bauten sich vor der Haustür auf und Deibl klingelte Sturm.

Ein rundlicher Mann in den Vierzigern, bekleidet mit Jeans und einem verschlissenen, flaschengrünen Fruit of the Loom-Hoodie, öffnete.

"Herr Krampfinger?"

"Ja."

"Wir sind von der Kripo. Ist Frau Inge Krampfinger zu Hause? Wir hätten ein paar Fragen."

Der Mann nahm den Zigarettenstummel aus dem Mundwinkel und schnippte ihn auf den Kiesboden. Er blies dem Polizisten den Rauch seiner Selbstgedrehten entgegen und antwortete wieder mit einem einsilbigen "Ja".

Die Tür ging zu. Die beiden Polizisten blickten sich irritiert an. Nach einer kurzen Weile öffnete eine Frau die Tür.

"Sind Sie Inge Krampfinger?"

Die Frau nickte.

"Ich bin Kommissar Deibl und das ist mein Kollege Spund. Ich muss Ihnen leider mitteilen, dass Ihr Bruder, Paul Ölinger, tot aufgefunden wurde. Er wurde ermordet."

Deibl blickte der Dame scharf ins rotbackige Gesicht, doch seltsamerweise war keine Regung ihrerseits erkennbar. Sie presste nur die Lippen aufeinander.

"Sie haben nichts dazu zu sagen? Nun, dann helfe ich Ihnen mit der Aktenlage ein wenig auf die Sprünge. Ihr Bruder lebte sehr gut von Einnahmen für eine Software-Lizenz. Lebte, wohl bemerkt! Sie und Ihr Mann dagegen haben zurzeit keinen Lauf, stimmts? Sie haben mit Ihrem Kleinunternehmen Konkurs angemeldet. Ich habe ein paar Fragen an Sie und ermahne Sie eindringlich, mir wahrheitsgemäß zu antworten. Erstens: Ich finde es sehr merkwürdig, dass Sie auf diese schreckliche Nachricht keinerlei Regung zeigen. Wie kommt das?"

"Aber", brachte Inge Krampfinger heraus, "ich wusste es ja schon. Wir leben hier schließlich aufm Dorf. Meinen Sie vielleicht, ich erfahr das erst, wenns in der Zeitung steht?"

Schade, dachte Deibl, der erste Trumpf ist schon verspielt. Er musterte die Frau mit den ausdruckslosen Augen, dann stach er nach: "Wie war das Verhältnis zu Ihrem Bruder Paul? Wann haben Sie ihn zuletzt gesehen? Wo waren Sie wann in den letzten 48 Stunden?"

"Bis auf Einkaufen war ich immer daheim und gesehen hab ich den Paul schon ewig nicht mehr. Wir haben uns nicht gemocht. Wars das?"

"Nicht so schnell, Frau Krampfinger, das wars noch lange nicht. Dürfen wir kurz reinkommen? "

Sie schaute sich nach ihrem Mann um, zog den grauen Pulli über die Hüften und antwortete unaufgeregt: "Ich glaube, dass uns das nicht recht ist. Wenn Sie noch was wissen wollen, dann fragen Sie."

Deibl wurde rot vor Zorn. So etwas war ihm noch nicht untergekommen. Ihm war klar, dass diese Familiensituation als hoch verdächtig einzustufen war.

"Was ist mit Ihrem Mann? Hat er für die letzten 48 Stunden ein Alibi?"

"Braucht er denn eins?", konterte Inge Krampfinger. "Aber ich kann Ihnen versichern, er war auch zu Hause. Der hat sich überhaupt nicht bewegt."

"Was wissen Sie über Pauls Software-Geschäfte?"

"Wir haben seit Jahren keinen Kontakt. Ich weiß nix!"

"Hatte er Kontakte zu Frauen?"

"Der Paul? Ich weiß nix!"

Die weitere Befragung lief völlig ins Leere. Auf jede Frage dieselbe Antwort: Weiß nix! Deibl tröstete sich damit, dass dieses Nixwissen in seinen Augen trotzdem eine Menge über alle Beteiligten aussagte.

***

Die Beamten saßen in ihrem Ausweichbüro an der Isarpromenade in Landshut, das sie wegen Renovierungsarbeiten vorübergehend bezogen hatten. Elias sah zum Fenster hinaus in die vorbeitreibenden Fluten und hinüber zum Sausteg am Ludwigswehr.

"Komm mal rüber!", forderte Deibl aufgeregt, "Lass uns diese Unterlagen zusammen analysieren. Jetzt wirds interessant. Die Auswertung von Paul Ölingers Computer und Unterlagen ist sehr aufschlussreich. Schau! Erstens: Ölingers Lizenzverträge sind bald ein Fall für die Tonne. Die wollen seine Software durch ein System aus eigenem Haus ablösen. Der Ölinger sah seine Rechte verletzt und hat sich wegen Ideenklau ziemlich derb mit dieser Computerfirma angelegt."

"Das klingt wirklich interessant. Dann hätte es sich ausgefaulenzt gehabt. Und was gibts zweitens?"

"Zum Beispiel den Bankkontostand. Stolze 90000 Euronen! Und ein Kuvert mit 2000 Euro in 50er-Scheinen in seiner Schreibtischschublade."

Elias pfiff erstaunt durch die Zähne. Er griff nach dem Ausdruck, den ihm sein Vorgesetzter entgegenhielt, und kratzte sich ungläubig am Hinterkopf.

"Nicht schlecht. Das hätte noch eine Weile gereicht."

"Drittens: Es gab Kontakt zu den Krampfingers. Hier ist eine Rechnung mit Datum von letzter Woche. Der Krampfinger hat doch so eine Minifirma. Der hat beim Ölinger einen Zaun repariert."

"Und dann schreibt der innerhalb der Familie eine Rechnung?", fragte sich Elias laut. "Das hätt ich anders geregelt."

"Würde man meinen, richtig! Das ist verdächtig."

Deibl ließ sich in die Lehne seines Sessels fallen und blickte nachdenklich zur Zimmerdecke. Er kniff die Augen zu und rieb sich die Nase. Eine Geste, die Elias irgendwie an Wickie und die starken Männer erinnerte. Jetzt schnippt er gleich mit den Fingern und weiß eine Lösung, dachte er.

"Angenommen, die Krampfingers haben vom Ende der Lizenzeinnahmen gewusst und auch davon, was der Paul für eine schöne Summe auf der hohen Kante hat", führte Deibl aus. Dann schwieg er und blickte Elias von der Seite fragend an.

"Und nu? Was dann?"

Deibl grinste über sein geniales Gedankenspiel, das er hinter der Schädeldecke noch ein wenig versteckt hielt.

"Na, Spund? Wenn der Paule weiter nix Lukratives mehr in die Tastatur geklopft hätte, dann wäre sein Sümmchen stetig dahingeschmolzen, bis irgendwann nix mehr davon übriggeblieben wäre oder es sogar ein rotes Vorzeichen verpasst gekriegt hätte. Jetzt sinds noch 90000 Euro. Es wurde schon für sehr viel weniger gemordet."

"Das ist genial. Die Krampfinger sind die Erben."

"So ist es", bestätigte Deibl zufrieden. Ein klarer Fall von Geldgier, so war er überzeugt und fühlte sich einmal mehr darin bestätigt, dass es immer wieder die gleichen Motive sind, die man durchdenken muss: Liebe, Eifersucht und Geld. Er schob die Papiere zu einem Stapel zusammen und reichte sie selbstgefällig seinem Kollegen.

"Schau dir das alles noch mal genau an – ich geh derweil auf einen Kaffee ins Isartürl."

Als die Tür ins Schloss gefallen war, schüttelte Elias den Kopf. Der Chef hatte eine seltsame Auffassung von Arbeit. Der machte es grad so, wie es ihm passte.

Die Durchsicht der Unterlagen dauerte lange. Es gab viele interessante Details in den Papieren. Elias stieß dabei auf eine Korrespondenz, der sein Chef wohl keine große Beachtung geschenkt hatte. Sie erinnerte ihn an das Buch, das er am Tatort vom Schreibtisch genommen und darin gelesen hatte. Es war ein Buch über den Verbrecher Franz Matzeder, der vor 200 Jahren in Simbach sein Unwesen getrieben hatte. Mehrere Stellen hatten Eselsohren, Textpassagen waren mit Leuchtstift markiert und mit Notizen versehen worden. Elias erinnerte sich wieder an gekritzelte Fragezeichen, Ausrufezeichen und Blitze an den Seitenrändern. Er überflog gerade den E-Mail-Verkehr zwischen Ölinger und Fred Hallander, dem Autor dieses Buches, als die Bürotür aufging und ihm ein Kollege der Spurensicherung einen Schnellhefter in die Hand drückte.

"Hier hab ich noch was für den Deibl. Gelöschte Dokumente von Ölingers Rechner. Frisch gedruckt."

"Her damit!", forderte Elias. "Besten Dank."

Er nahm das kleine Bündel von Dokumenten, mit Stempel versehen und den Angaben zu Speicher- und Löschdatum. Obenauf lagen zwei Papiere mit auffallend großen Schriftzeichen. Als Elias den Inhalt erfasste, spürte er, wie sein Herz schneller zu pochen begann. Es waren Erpresserbriefe. Keine Namen. Keine persönlichen Angaben. Doch eine Drohung, dass gewisse Matzeder-Lügengeschichten auffliegen würden, wenn nicht 2000 Euro übergeben werden würden. Abgespeichert vor vier Wochen. Im zweiten Brief eine Forderung von 5000 Euro, gespeichert vor fünf Tagen!

Elias sprang auf und blickte erwartungsvoll hinunter auf die Isarpromenade. Wo der Deibl nur so lange blieb! Der war schon fast eine Stunde weg. Am liebsten hätte Elias im Café angerufen und den Kollegen ausrufen lassen. Schließlich kam er. Und war von den neuen Erkenntnissen nicht sonderlich begeistert. Noch ein dringender Tatverdacht, so viel war klar, machte die Sache natürlich ein wenig komplizierter. Und es wurmte ihn, dass er nicht selbst diese Information als Erster in Händen hatte.

"Wir fahren zuerst noch mal in die Wohnung und holen das Matzeder-Buch. Wenn sich das jetzt alles auf diesen Schreiberling verdichtet ..., ich geb dem keinerlei

Reaktionsspielraum. Das Material könnte für einen Sondereinsatz mit Hausdurchsuchung reichen."

Und so kam es, dass Deibl sich den weiteren Ermittlungserfolg zuschreiben konnte. Er sammelte in Ölingers Wohnung alles ein, was mit der Räubergeschichte und ihrem Autor in Verbindung stand. Das war eine ganze Menge: weitere Bücher des Autors, eine DVD, Zeitungsartikel, Plakate und viele Notizen, die sich Paul Ölinger gemacht hatte. In einem Heftchen fanden sich ein paar "Anklagepunkte": sechs Details aus dem Matzeder-Buch, die er infrage stellte, samt stichpunktartig angeführte Gegenbeweise. Sie fanden sich auch in einer Mail an den Autor, in der Ölinger drohte, das literarische Werk Hallanders in Misskredit zu bringen.

***

Am späten Nachmittag erstürmte die Kripo das Reihenhaus von Fred Hallander. Er hatte auf das wiederholte Klingeln an der Haustür nicht reagiert und so verschafften sich die Beamten mit Spezialwerkzeug den Zugang. Die Wohnung durchströmte ein intensiver Duft von Bratfett und gekochtem Sauerkraut. Sie fanden Hallander laut schnarchend im verdunkelten Schlafzimmer. Als das Licht angeknipst wurde, fuhr er hoch. Die fremden Männer erschreckten ihn fast zu Tode. Er zog sich gelbe Gehörschutzstöpsel aus den Ohren.

"Wir sind von der Kripo. Sind Sie Fred Hallander?"

Der Mann im Bett nickte nur hastig. Es dauerte ein wenig, bis er sich beruhigt hatte. Zu viel Zeit wollte Deibl ihm aber nicht gönnen. Die erste Befragung führte er an Ort und Stelle durch. Er begann sofort zu bohren und diesmal schien die Überrumpelungstaktik aufzugehen. Er machte dem Verdächtigen so richtig Dampf unterm Hintern.

Ja, Hallander kenne den Ermordeten. Und ja, er habe auch von dessen Tod schon erfahren. Und ja, er gestehe die Erpressungen durch den ehemals begeisterten Matzeder-Fan. Aber nein, er sei natürlich nicht der Mörder, das gehe zu weit!

"Jetzt ist es aber genug!", plötzlich wurde der Mann laut. "Was fällt Ihnen überhaupt ein, mich so zu überfallen? Gibt es denn kein Recht auf Privatsphäre mehr?"

"Doch, natürlich. So viel sie wollen und brauchen. Sie haben es bislang nur nicht eingefordert."

"Das ist eine Unverschämtheit. Verschwinden Sie sofort aus meinem Schlafzimmer!"

Derweil waren Beamte schon damit beschäftigt, nach der Tatwaffe zu suchen und Unterlagen zu sichten. Als Hallander dann endlich in Hose und Hemd aus der Tür kam, bugsierten sie ihn ins Esszimmer, wo Deibl einen grellen Scheinwerfer auf ihn richtete und gleich wieder auf ihn eindrängte.

"So, mein Lieber, jetzt raus mit der Sprache ..."

Der Mann mit dem LED-bestrahlten Gesicht und den wirr abstehenden Haaren hatte nun seine Nerven aber wieder zusammengekratzt und schnitt dem Kommissar gleich das Wort ab: "Gehts noch? Ich bin nicht Ihr Lieber und wenn Sie nicht augenblicklich diesen blöden Strahler ausschalten, werde ich mich beschweren. Das sind ja Wildwest-Manieren! Ich habe mit dem Mord nichts zu tun."

"Ach ja? Sie wurden wiederholt um Geld erpresst und nun ist der Ölinger tot. Ich sags Ihnen, Sie stecken so tief in der Scheiße, dass Sie ein verdammt gutes Alibi brauchen, um da wieder rauszukommen. Wo waren Sie am vergangenen Dienstagnachmittag?"

"Ich war mit der … ich war zu Hause. Jetzt sag ich nichts mehr."

Der Kommissar kam seinem Gegenüber nun ganz nah und schaute ihm streng in die zitternden Pupillen. Er hob den Zeigefinger und sprach mit leisem Ton: "Es ist eine Sache, zur eigenen Tat keine Aussage zu machen. Okay. Wenn Sie aber nicht der Täter sind und Sie decken jemand anderen, dann machen Sie sich der Komplizenschaft strafbar."

Und plötzlich schrie Deibl los, dass Hallander zusammenzuckte: "Wir stellen Ihre Wohnung auf den Kopf, wir haben Ihren Computer und legen dem Richter sogar die gelöschten Dateien auf den Tisch. Wir vergleichen die Abdrücke vom Tatort mit Ihren Schuhen. Wenn Sie das wollen, dann sitzen Sie schneller hinter Schloss und Riegel, als Sie Ihre Schweinswürstl mit Kraut verdaut haben!"

Hallander schluckte. Er war nun ganz kleinlaut geworden und presste die Lippen aufeinander. Die Ansprache hatte ihr Ziel nicht verfehlt.

"Ich fang noch mal an", schoss der Kommissar hinterher. "Waren Sie am Dienstagnachmittag am Kalten Brunn im Schabinger Holz? Ich warne Sie, wir haben noch ganz andere Beweise gegen Sie."

Hallander rieb sich den grauen Kinnbart.

"Ja, ich war dort, aber ich habe den Ölinger nicht umgebracht, das müssen Sie mir glauben."

"Ach ja? Haben Sie ihm im Wald die 5000 Euro übergeben?"

"Nein! Als ich hinkam, lag der Kerl schon tot am Boden. Ich war so aufgewühlt – ich wusste überhaupt nicht, was ich tun sollte. Ich Idiot habe die Leiche ein wenig zur Seite gezogen und seine Taschen durchwühlt, ob da irgendein Hinweis auf mich zu finden wäre. Dabei habe ich wohl mein Smartphone verloren. Kann ich es wiederhaben?"

"Sehr viel später, wenn wir es nicht mehr brauchen", antwortete Deibl und fragte weiter: "Wer wusste von der Erpressung?"

"Die … die Ella."

"Ella wer? Wer ist das? In welcher Beziehung stehen Sie zu dieser Ella? Los jetzt, los!"

"Eine Freundin. Sie ist mein aufdring… äh anhänglichster Fan und begleitet mich auf alle Lesungen. Sie war mal kurz mit dem Ölinger zusammen. Aber dem Scheusal hat sie eine Abfuhr verpasst. Das ist aber schon lange her", gab der Buchautor zu. "Sie kann ziemlich rabiat werden, die Ella, aber einen Mord …"

"Mich überzeugt das nicht, lieber Herr Schreiberling. Hoffentlich geht da nicht die Fantasie mit Ihnen durch. Die Dame hätte eine Pistole gebraucht und ein starkes Motiv."

"Sie ist im Schützenverein. Eine Buffe hat sie."

Deibl blickte sich nach seinem Kollegen um und schnitt eine auffordernde Grimasse. "Adresse! Elias, schreib auf!"

***

Diesmal war es Kommissar Deibl, der zufrieden hinabblickte auf die blaue Isar. Die Akten über den Mord an Paul Ölinger hatte er schon abgegeben. Es war tatsächlich diese gewisse Ella, die zur Mörderin geworden war. Sie hatte auf den Ex-Liebhaber eine übertriebene Wut, deren Gründe bislang nicht näher bekannt wurden. Der Staatsanwalt würde diesbezüglich sicher noch mehr Licht ins Dunkel bringen. Andererseits hing Ella fast unnatürlich an diesem Buchautor und entwickelte wohl einen Beschützerinstinkt, der keine Grenzen mehr kannte. Sie erlitt einen Nervenzusammenbruch, als die Polizei bei ihr auftauchte. Die Tat hatte sie sofort vollumfänglich gestanden und danach verfiel sie in einen Weinkrampf. Sie steigerte sich dermaßen in ihr Unglück, dass sie zu hyperventilieren begann und Rettungssanitäter anrücken mussten, um Kollateralschäden zu verhindern.

Deibl war sehr zufrieden. Er hatte Glück gehabt. Das braucht man einfach, wenn man bestehen will. Einen Mord aufzuklären, war niemals ein Kinderspiel. Die Spur zu finden, war eine grandiose Sache. Sie entschied über die Wahrung der Gerechtigkeit. Das Bild des römischen Cäsar hatte sich in Deibls Kopf festgesetzt. Nicht dessen Gesicht, das ohnehin keiner kannte, sondern sein Daumen. Der Daumen, der nach oben oder nach unten zeigte. Indem er die Richtung zeigte, sprach er ein Urteil. Der Kommissar Deibl kannte nur eine Richtung – Daumen nach unten. Wenn er sich unbeobachtet fühlte und sich seines Urteils sicher war, dann zeigte er seinen Daumen nach unten.

Mit einem dumpfen Klacken schaltete sich der Wasserkocher aus. Deibl hängte einen Beutel Pfefferminztee in den Becher und füllte das dampfende Wasser darauf, das sich sofort hellgrün färbte. Ein angenehmer Duft stieg ihm in die Nase. Er war am Ende seiner Ermittlungen angelangt. Alles war so weit aufbereitet, dass nun ein Gericht ein Urteil sprechen konnte. So hatte auch dieser Fall im etwas weiterem Sinne wieder die grundsätzlichen Mordmotive bestätigt: Es ging um Geld und Liebe.

"Sag mal Chef", fragte Elias, "das mit Hallanders Handy hattest du mir gar nicht verraten. Wo ist das denn hingekommen? Ich hab das bei den Beweisstücken nicht gesehen."

"Von dem Handy weiß ich nichts."

"Aber als du ihm mit weiteren Beweisen gedroht hast, da hast du doch das Handy gemeint, oder?"

"Bluff! Das klappt immer. Du kannst dich ja noch mal
auf die Suche nach Matzeders Spuren machen. Irgendwo
muss es abgeblieben sein."
"Die echte Räubergeschichte interessiert mich mehr. Ich
kauf mir das Buch."

DER MÖRDER
DOMINIKUS HAHN

(AUSZUG AUS REGENSBURGER TAGBLATT, 17.08.1847)

Dominikus Hahn, geboren 1808, einziger Sohn eines Schulmeisters von Konzell, bildete sich in früheren Jahren mit gutem Fortgange zum Schullehrer, diente in dieser Eigenschaft an mehreren Orten zur Zufriedenheit seiner Vorgesetzten und erhielt endlich im Jahre 1842 den Schuldienst seines zwei Jahre vorher verstorbenen Vaters von Konzell, seinem Geburtsorte. Durch des letzteren Tod war er zugleich in den Besitz eines Vermögens von 7 bis 8000 Gulden gelangt. Im August 1843 heiratete er die Wirtstochter Anna Maria Lutz aus Eham, damals 25 Jahre alt, die sich ihm als Frau hatte antragen lassen. Lehrer Hahn behielt indessen eine nahe Anverwandte, Magdalena Hahn von Pfarrleuten, geboren 1816, als Magd im Dienst, die schon früher bei seinem Vater, und später bei ihm gedient hatte, und mit der er im verbotenen Umgange lebte. Dieselbe war frech, ausgelassen und widerspenstig gegen die Frau; der Mann aber hielt zu ihr, so, dass es zwischen ihr und der Lehrerin bald zu Verdrießlichkeiten kam. Die Letztere wollte die Magd aus dem Hause fortschaffen, was aber ihr Ehemann nicht zugab. Obschon die Lehrerin Hahn als eine sehr brave, gottesfürchtige, häusliche, verträgliche Person geschildert wird, die ihrem Ehegatten mit Treue und Liebe zugetan war, so führte Letzterer dennoch vielfache Klagen gegen sie, namentlich über ihre Unordnung und Trägheit, Hang zum Wohlleben, Zank und Herrschsucht, die ihm nie das letzte Wort ließ. Die Lehrerin Hahn war seit Juni 1844, 10 Monate nach ihrer Verheiratung zum ersten Male in gesegnete Leibesumständen, als ihr Ehemann nach und nach sich einbildete, er könne mit ihr nicht mehr leben, und müsse sie daher um jeden Preis aus der Welt schaffen. Er teilte dieses Vorhaben seiner Magd und Base Magdalena Hahn mit, die darauf nach seinem Geheiße ihrer Dienstfrau auch wirklich einige Mal Gift in der Suppe eingab, aber vergebens, weil die Lehrerin in ihrem schwangeren Zustande es immer durch Erbrechen wieder von sich gab. Später äußerte Dominik Hahn einmal gegen seine Magd: wenn er nur Jemand wüsste, der seiner Frau einen Treff gäbe, worauf diese sagte, das müsse man ihrem Bruder Egid anvertrauen, der als ein verschlagener und verschlossener Mensch am besten hierzu tauge. Dieser Egid Hahn, geboren im Jahre 1818, Sägeknecht von Pfarrleuten, hat im Jahre 1840 bereits einen bedeutenden Diebstahl verübt, um sich einen Einstandsmann zum Militär zu stellen, und wurde wegen Raufhandels polizeilich abgestraft. Als nun Magdalena aus Auftrag ihres Dienstherrn mit ihrem Bruder den 28 Oktober 1844 wegen jenes Vorhabens sprach und ihm den Antrag machte, die Lehrerin aus der Welt zu schaffen, war er zwar sehr verhofft darüber, sagte aber dennoch nicht ja und nicht nein, sondern bat sich nur vorher erst eine Unterredung mit seinem Vetter Dominik Hahn selbst aus. Diese fand am folgenden Tage – in Waldmenach – und wiederholt 3 Tage darauf am Allerheiligentage, auf dem Kirchturme in Konzell statt. Egid wollte anfangs nicht daran; auf vieles Zureden seines Vetters Dominik Hahn, den er für viel gescheiter als sich selbst hielt, und der ihm vorspielte, an ein Auskommen sei nicht zu denken, verstund er sich aber dennoch am Ende dazu, die Lehrerin noch am nämlichen Abende des Allerheiligenfestes zu ermorden. Lehrer Hahn trug ihm auf, sich mit einem Schubkarrenstricke zu versehen, und seine Frau, während sie allein zu Hause sei, indem er und seine Magd eine Stunde lang in der Kirche läuten müssten, damit zu erdrosseln, ihr auch nötigenfalls ein paar Stiche mit einem Messer in den Hals zu geben, wenn er noch ein Leben in ihr spüre, damit sie sich vollends verblute. Magdalena, die bei allem dem im innigsten Einverständnis und in verabredeter Verbindung mit ihrem Herrn handelte, und auch ihren Bruder mehrere mal und zudringlich aufforderte, rasch ans Werk zu gehen, weil es sonst gefehlt sei, versteckte denselben im Keller, verkleidete ihn in einen alten Sommerrock, gab ihm den Strick und trug ihm auf, nach der Hand alles zu durchwühlen, damit man desto leichter glaube, es seien

Räuber da gewesen. Als nun Egid allein mit der Frau im Hause war, verließ ihn der Mut, etwas zu unternehmen, so dass der Lehrer, als er nach Hause kam, alles in der alten Ordnung und nichts von dem geschehen fand, was er erwartet hatte. Egid wurde darüber zur Rede gestellt, und versprach endlich seinem Vetter, am nächsten Martinstage, den 11. November, wo Markt in Konzell war, wieder zu kommen und dann die Frau zu ermorden. So geschah es auch an diesem Tage. Egid hatte wieder eine Unterredung mit seinem Vetter auf dem Kirchturme und mit seiner Schwester im Stadel des Hauses; beide redeten ihm auf das Lebhafteste zu, schnell ans Werk zu gehen und nicht wieder zu verzagen. Er erhielt ebenso von seiner Schwester den Strick, den alten Rock zur Verkleidung und einen Pultschlüssel. Als nun der Lehrer ins Wirtshaus und die Magdalena Hahn zu einer Nachbarin in den Heimgarten gegangen waren, ging Egid schnell in die Wohnstube, wo die Lehrerin am Tische saß. Sie stand auf, ging auf ihn zu und fragte ihn, was er wolle. Er aber antwortete nichts, warf ihr schnell den Strick um den Hals, riss sie damit zu Boden, maschte ihn dann fest zusammen und machte einen Knopf, so dass sie nur einen einzigen Schrei von sich geben konnte, den niemand hörte. Dann deckte er ein Bett über sie, warf im Hause alles durcheinander, wozu ihm der Pultschlüssel auch behilflich war, nahm eine Uhr mit, wie ihm geheißen worden und floh eilig nach Menach ins Wirtshaus. Als nun Magdalena Hahn, die sich schon denken konnte, was geschehen war, abends 7 Uhr wieder nach Hause kam und kein Licht sah, rief sie einige Nachbarn herbei, weil etwas Besonderes im Hause vorgefallen sein müsse. Diese fanden die Lehrerin mit dem Stricke um den Hals erdrosselt auf dem Stubenboden liegen; sie war tot, aber noch warm, und konnte durch angestellte Versuche nicht wieder zum Leben gebracht werden. Lehrer Hahn, herbeigerufen, fing zu jammern an, schlug die Hände über dem Kopf zusammen und sagte: „Was wird man da noch erleben müssen!" Zwei Tage später wurden jedoch Egid und Magdalena, und zuletzt der Lehrer Hahn selbst verhaftet, wo sie die Tat sogleich eingestanden. Im Laufe der hierrüber eingeleiteten Untersuchungen, welche als gewiss herausstellte, dass Anna Maria Hahn den Tod der Erdrosselung gestorben war, wiederholten sie jene Bekenntnisse mehrmals. Alle drei wurden daher durch Erkenntnis des Königlichen Appellationsgerichts für Niederbayern wegen jenes Verbrechens als Urheber für schuldig befunden und zur Todesstrafe verurteilt. Egid Hahn als Vollbringer, Dominikus Hahn als mittelbarer Urheber durch Auftrag und ausdrücklichen Rat und Magdalena Hahn dagegen als Miturheberin durch Komplott.

SCHWARZE BEEREN

Es war zum Davonlaufen! Eva und Carl fetzten sich wieder wegen irgendwelchen Kleinigkeiten. Ehekrach zum hunderttausendsten Mal. Inzwischen hatten beide voneinander die Nase voll. Doch die langen Jahre, so schien es, hatten sie trotzdem aneinandergekettet. Oder waren es einfach die Umstände? Eva, 53 Jahre, arbeitete Teilzeit in der Verwaltung eines Autohauses. Carl war Lehrer an einer Hauptschule, 52 Jahre alt, und hatte damals nicht viel in die Ehe mitgebracht. Mit einem kleinen Erbteil von Eva wagten sie den Kauf ihres Hauses, das nach mehr als zwanzig Jahren noch immer nicht ganz abgestottert war. Vielmehr häuften sich die Ausgaben für Reparaturen und das eine oder andere neue Möbelstück. Carl war unzufrieden. Mit seinem Leben, mit seiner Ehesituation, mit dem nervigen Lehrerjob und überhaupt mit allem. Er saß im Wohnzimmer auf seinem Lieblingsplatz, der Couch mit dem abgewetzten Stoffbezug. Schon meckerte Eva über das gewählte Fernsehprogramm. Sie wollte wieder ihre Daily Soaps anschauen. Carl ignorierte das. Sie schnauzte ihn so lange an, bis er die

Programmzeitung nach ihr warf. Beleidigt zog sie sich ins Schlafzimmer zurück. Sie schaltete dort das kleine Fernsehgerät ein und setzte sich mit ein paar Utensilien aufs Bett. Multitasking nach Evas Art: Serie schauen, Schokolade essen, Fingernägel feilen und obendrein mit ihrer Freundin übers Handy den Frust austauschen. Und das Ganze in einer so unverschämten Lautstärke, dass Carl nebenan die Anschuldigungen und Unverschämtheiten sogar noch mit anhören musste. Nach wenigen Minuten stand er in der Tür.

"Sag mal, bist du noch ganz dicht? Weinst du dich wieder bei deiner blöden Busenfreundin aus, wie schwer du es mit mir hast? Du gehst mir so auf den Geist, ich hätt dich längst rausschmeißen sollen!"

"Du?", konterte sie zynisch. "Die Frage würde sich tatsächlich stellen, wer hier wen rausschmeißt. Lange kanns nicht mehr dauern. Ich ertrage dich auch nicht mehr!"

"Pass bloß auf, du! Vielleicht endest du noch wie das Weib von Dominik Hahn. Oder vielleicht lässt du dich zukünftig von deiner Freundin Karin durchfüttern? Dann könnt ihr den ganzen Tag über euer schweres Schicksal jammern."

"Lass mich jetzt in Ruh!", schrie sie ihn an, und Carl zog die Tür unsanft ins Schloss.

Eva wischte sich eine braune Lockensträhne aus dem Gesicht. Sie verputzte die ganze Tafel Milka, dann hatte sie einen leichten Anflug von Übelkeit und meinte, es mit einem Schlückchen Likör wieder gut machen zu können. Sie ging ins Arbeitszimmer, wo das Bügelbrett und ein

Korb mit Wäsche bereitstanden. Also steckte sie das Bügeleisen an und nahm sich das erste Wäschestück. Dann noch eins, während sich ihre Gedanken tatsächlich um Trennung drehten. Plötzlich bemerkte sie, dass sie den Ärmel eines Hemdes von Carl plättete. Wütend riss sie den Stecker des Bügeleisens aus der Dose, knüllte das Hemd zusammen und warf es zurück auf den Haufen.

"Ja, gehts noch?", schrie sie voller Zorn über sich selbst und gab dem völlig unbeteiligten Wäschekorb einen Fußtritt.

Was hatte Carl da gefaselt, von wegen Weib des Dominik Hahn? Die Geschichte kam ihr irgendwie bekannt vor. Da ging es um einen Mord. Irgendjemand hatte das vor langer Zeit mal erzählt. Eva setzte sich an den Computer und googelte den Namen. Es gab eine Menge Einträge dazu.

Dominikus Hahn war ein Dorflehrer, der im 19. Jahrhundert in Konzell – das liegt auf halber Strecke zwischen Straubing und Cham – unterrichtete. Er unterhielt eine unsittliche Beziehung zu seiner Cousine, die ihm den Haushalt führte, und zu ihr stieg er auch dann noch ins Bett, als er eine Wirtstochter geheiratet hatte. Die Cousine blieb weiterhin im Haus, und natürlich war da bald der Teufel los. Maria, seine Frau, liebte er nicht, sondern er hatte es nur auf deren Mitgift abgesehen. Er hielt es nicht einmal für nötig, seine schamlose Affäre geheim zu halten. Doch als der Dorfpfarrer von der Kanzel öffentlich Sodom und Gomorra beklagte und dem Hahn die Suspendierung aus dem Schuldienst drohte, da beschloss dieser, seine verhasste Ehefrau umzubringen. Er und seine Cousine heckten den Plan aus, sie zu vergiften, und mischten der armen Frau kleine schädliche Dosen ins Essen.

Als Eva diese Berichte las, da wurde ihr ganz heiß. Carl war so ein Mistkerl. In diesem Moment ging in ihrem Herzen etwas endgültig zu Bruch. Ein wenig fürchtete sie sich sogar vor ihrem Mann. Das war keine Basis mehr für ein Zusammenleben.

***

Nachdem sich die beiden aber einige Tage aus dem Weg gegangen waren, kehrte ein vorübergehender Waffenstillstand ein, der nach kleineren Scharmützeln doch wieder in einem Frontalkrieg mündete.

Ein großer Krach. Eva saß heulend auf dem Bett, wieder mit Schokolade, wieder brüllte Carl sie an.

"So, da hockst du also wieder und frisst. Hässlich und fett bist du! Und überall schaut es aus wie Sau! Eine Putzfrau käme mich auch nicht teurer. Dazu bräuchte ich mir nicht ihre Launen bieten zu lassen."

Das hatte gesessen! So ein gemeiner Mensch! Ja, sie war ein wenig pummelig – aber das nicht erst seit sie aus Frust Schokolade aß. Früher hatte er ihre Kurven gerngehabt. Mit den Jahren war natürlich das eine oder andere Pfund dazugekommen. Völlig normal! Eva kam wieder die Geschichte mit diesem Dominik Hahn in den Sinn.

Sie ging ins Arbeitszimmer und verschloss die Tür, fuhr den Rechner hoch und recherchierte nach Giftpflanzen.

Sie musste sich wehren, denn dieser Mann würde sie sonst über kurz oder lang zerstören. So lange Zeit hatte sie ausgehalten und gehofft, doch besser wurde es über die vielen Jahre nicht mehr. Sie aber würde den Spieß jetzt umdrehen und nicht länger Opfer sein wollen. Es war Zeit, es ihm heimzuzahlen.

Das war gar nicht so leicht. Viele Pflanzen waren hochgiftig und geeignet einen Menschen ins Jenseits zu befördern. In der Regel würden sich bei Verzehr aber sehr schnell und deutlich Vergiftungsanzeichen bemerkbar machen. Das konnte sie nicht riskieren. Es musste ein Giftkraut mit langsamer Wirkung gefunden werden, das nicht gleich einen Arzt auf den Plan rufen würde. Eines, das sich einlagerte, den Gesundheitszustand langsam verschlechterte, damit kein Verdacht aufkäme. Im Programmheft der Volkshochschule entdeckte sie einen Nachmittagskurs zur Bestimmung von Heilkräutern. Sie meldete sich für eine Gruppenwanderung mit einer Kräuterpädagogin an. Das war sehr spannend, auch wenn sie dabei recht wenig über Gifte lernte. Sie staunte, wie viele alltägliche Pflanzen auf den Wegen und Wiesen für die Küche taugten. Schnell fand sie Gefallen daran, Gerichte mit frischem Grün aufzubessern. Sie saß viele Stunden am Computer und guckte spezielle Videos. Dann fuhr sie mit dem Fahrrad hinaus ins Grüne und ging sammeln. Das neue Hobby machte Spaß. Eva war beschäftigt und irgendwie ausgeglichener. Vorübergehend verbesserte sich sogar die allgemeine Stimmung daheim. Carl war am Anfang sehr skeptisch, doch schon der erste Wurf überraschte ihn. Eine Gemüse-Cremesuppe mit Bärlauch und Giersch fand auf Anhieb seine Zustimmung. Schwieriger war es mit den Bitternoten. Bei Löwenzahnsalat zum Beispiel hielt sich die Begeisterung in Grenzen – das war zu viel des Guten.

***

Eines Abends fühlte Carl sich nicht wohl. Er kramte in der Hausapotheke nach einem Mittel.

"Was suchst du denn?", fragte Eva, die ihren Kopf in die Hausdiele steckte.

"Ich hab Kopfweh."

"Willst du eine Aspirin-Brausetablette? Die liegen noch in der Küche. Ich hab neulich eine genommen."

"Ja", antwortete Carl gereizt. "Warum liegen die Sachen eigentlich nie dort, wo sie hingehören?" Sein ganzer Kopf hämmerte. Kein Wunder, so dachte er, denn er hatte in der Schule einigen Stress gehabt. Und Bauchweh hatte er auch.

"Leg dich auf die Couch, ich lös dir eine auf! Magst du Sprudelwasser?"

"Ist mir egal."

Es ging ihm gar nicht gut. Eva kochte Tee, brachte eine Decke und die Fernbedienung für den Fernseher. Selber setzte sie sich mit einem Buch in den Sessel und beobachtete Carls Zustand. Später schrieb sie es zufrieden in ein

Büchlein. Sie ging sehr vorsichtig vor, rührte gern ein paar winzige Blattstreifen in sein Rührei oder seine Suppe. Ein paar Tage sollten sich keine Anzeichen zeigen, dann gab sie wieder ein wenig mehr. Es sah so aus, als hätte er einen empfindlichen Magen. Und Kopfschmerzen, wie sie bei Stress typischerweise auftreten.

"Ich hab im Internet nachgesehen. Es wäre gut, wenn du Yoga machen würdest. Es ist sicher der Stress. Hast du nicht auch bemerkt, dass es dir dienstags immer am schlechtesten geht?", meinte Eva schlau.

"Hm." Carl überlegte. Sie hatte recht. Das ging nun schon mehrere Wochen so. Dienstags hatte er Nachmittagsunterricht und war jedes Mal ziemlich fertig, wenn er heimkam. Und dann kamen seine Magenprobleme dazu. Diesmal hatte er sich am Mittwoch sogar krankmelden müssen. "Ich werde alt, Eva! Ab dem nächsten Schuljahr muss ich die Stunden reduzieren, ich schaff das nicht mehr."

"Ja, mach das. Und was hältst du von Yoga? Zum Stressabbau!"

"Wirklich nicht! Das ist was für Frauen", verweigerte er sich.

"Es tut Leib und Seele gut, vielleicht ist es das, was du wirklich brauchst."

"Ich hab Bauchkrämpfe, ich brauch jetzt ganz schnell das Klo!"

Sobald Carl unter Stöhnen von der Couch hochgekommen war und gekrümmt die Tür hinter sich ins Schloss gedrückt hatte, zog Eva ihr kleines Heftchen hervor und setzte einen weiteren Strich hinein.

Indes veränderte sich das Zusammenleben der beiden Eheleute entscheidend. Carl war oft müde. Das Fernsehprogramm war ihm egal. Ob da eine Doku, eine Soap oder eine Kochsendung lief – er guckte ja nur noch selten. Eigentlich kam er ins Wohnzimmer, um sich auf der Couch ein wenig auszuruhen. Seine ganze schwindende Kraft brauchte er, um seinen Schulkram einigermaßen zu bewältigen. Er registrierte die vermeintliche Fürsorge seiner Frau und schlug ihr gegenüber ganz andere Töne an als zuvor. Auf einmal war er ganz anders. Dankbar für alles, was Eva für ihn tat. Einmal sagte er sogar: "Eva, bitte verzeih, dass ich immer so garstig war. Jetzt merk ich erst wieder, was du mir bedeutest. Es tut mir leid."

Eva lächelte nur. Sie hatte ausgerechnet an diesem Abend noch was vor. Die guten Worte machten ihr ein schlechtes Gewissen. "Schatz, ich geh noch mal weg, ok? Die Karin hat angerufen." Eva traf sich nun öfter mit ihrer Freundin. Die beiden gingen ins Kino, hingen stundenlang mit Latte macchiato im Café herum oder vergnügten sich abends in einer Bar. Carl war sehr oft allein. Er war auch einsam und schwermütig geworden.

Am nächsten Vormittag klingelte Evas Handy. Carls Nummer. Es war gerade zur dritten Schulstunde, deshalb war sie sehr verwundert. Sie wischte über den grünen Hörer auf dem Display, um den Anruf entgegenzunehmen.

"Ich bins. Ich fahr jetzt gleich zum Doktor. Ich hab so üble Bauchkrämpfe."

"Kann ich was tun?", fragte Eva.

"Nein. Nur, dass du Bescheid weißt. Ich komm dann gleich heim."

Eva spürte ihr Herz pochen. Er ging zum Arzt! Der würde die Vergiftung feststellen! Sie schluckte und war wie gelähmt von dieser Nachricht. In ihrer Vorstellung sah sie schon die Polizei kommen, mit Handschellen, die klickend über ihren Handgelenken einrasteten. Was sollte sie nur tun? Sollte sie schnell das Nötigste in einen Koffer packen und abhauen? Aber wohin? Zur Karin! Die würde sie verstecken. Ihrer Freundin hatte sie bislang nichts vom durchtriebenen Spiel erzählt, aber die würde ihr helfen. Eva griff zum Handy und tippte auf den obersten Eintrag im Verlauf ihrer Telefonkontakte, zögerte ein wenig und legte schnell wieder auf. Es dauerte nur ein paar Sekunden, dann läutete es.

"Karin!", schluchzte sie in ihr Mobilgerät.

"Was ist denn passiert?"

"Carl ist beim Arzt – er hat wieder Krämpfe!"

"Hä, ich dachte schon, die Welt geht unter. Na und?"

"Ach, ich muss dir was erzählen …" Unter Tränen berichtete Eva von ihren Eheproblemen.

Für Karin war da nicht viel Neues dabei. Die besonders üblen Gemeinheiten hatte sie alle schon mal gehört. Carl war deshalb bei ihr auch völlig unten durch. Sie hatte ihrer Freundin auch mehrfach geraten, die

Scheidung einzureichen. Dann aber stutzte sie doch, als Eva ihr zögerlich von der Giftsache erzählte.

"Jetzt bleib mal ganz ruhig, Eva. Der Arzt kann ja auch nicht hineinschauen. Der müsste schon Blut abnehmen und es im Labor analysieren lassen. Bis da ein Ergebnis kommt, kannst du immer noch abhauen. Außerdem haben die doch Schweigepflicht. Da kommt nix zur Polizei. Und überhaupt glaub ich nicht dran, dass der das erkennt. Der wird Kohletabletten verschreiben und das wars", beruhigte Karin. "Du gehst jetzt ins Bad und wäscht dir mit kaltem Wasser das verheulte Gesicht. Es wird alles gut!"

***

Eva hörte das Rolltor der Garage hochfahren. Carl kam ohne Polizei. Eva stand mit übler Angst in der Küche und spitzte die Ohren. Sie hörte das feine Klingeln des Schlüsselbundes, als Carl ihn an das Brett im Flur hängte. Er stöhnte, als sie hinaustrat. Sie betrachtete ihn mitleidig und sah, wie dünn er schon geworden war und wie blass sein Gesicht war.

"Na, was sagt der Doktor?"

"Er hat mich krankgeschrieben. Er meint, ich soll auch zu einem Psychologen gehen. Und eine Diät soll ich machen, dass sich mein Magen beruhigt."

"Haben sie dir Blut abgenommen?"

"Nein, ich hab Tabletten bekommen."

Eva fiel ein Stein von Herzen. Sie dachte an die Worte ihrer Freundin und lächelte.

"Du siehst schön aus, wenn du lächelst!", bemerkte Carl.

Sie begleitete ihren Mann ins Schlafzimmer, und als er sich hingelegt hatte, da deckte sie ihn liebevoll zu.

"Soll ich dir einen Tee machen?"

"Ja, mach einen Tee. Einen, der meinem Magen gut-tut."

Eva schossen die Tränen in die Augen. Sie ging schnell hinaus, damit ihr Mann es nicht sehen konnte. Sie war einerseits natürlich sehr erleichtert über den Verlauf der Untersuchung, andererseits so erschüttert von all dem, was sie da angerichtet hatte. Sie wollte sofort mit diesem Wahnsinn aufhören. Alles war so absurd. Vielleicht hatte die Giftkur tatsächlich auch etwas Gutes bewirkt. Vielleicht hatte sie ihre Beziehung geheilt. Aber was, wenn Carl schon so schwer geschädigt war, dass er sich nicht mehr erholen konnte? Diese Schuld würde sie ihr Leben lang wie einen Mühlstein tragen müssen. Sie würde ihm niemals die Wahrheit über seine schlimmen Leiden sagen können! In der Küche hängte sie einen Beutel Fencheltee in eine Tasse. Während der Wasserkocher brummte, zog sie wieder das Heftchen hervor. Peinlich berührt blätterte sie über die vielen Einträge zur Giftdosis und deren schmerzliche Auswirkungen. Sie nahm einen Kugelschreiber und zog einen festen, waagrechten Strich unter die letzte Zeile.

Das Handy läutete. Es war Karin.

Eva tippte eine kurze Nachricht ein: Arzt hat nix gemerkt. Melde mich später 😊

Zwei Tage später saßen die beiden Freundinnen in der Küche und tauschten Neuigkeiten aus. Die Aufregung der vergangenen Tage hatte sich ein wenig gelegt, aber noch immer war Eva innerlich aufgerieben. Das schlechte Gewissen nagte so sehr an ihr, dass sie nachts kaum Schlaf finden konnte. Sie stand am Herd und rührte mit dem Kochlöffel im Gemüseeintopf, den sie gekocht hatte. Ein verträgliches Gericht für Carl. Sie schöpfte etwas davon in einen Teller und stellte ihn auf den Tisch, damit er ein wenig abkühlen konnte.

"Du hast dir nichts vorzuwerfen, Eva. Der Carl ist dein Unglück. So wie der dich behandelt hat, kann ich das voll verstehen. Du musst ihn loswerden!"

"Aber nicht so! Und vielleicht wird auch alles wieder gut. Er ist jetzt ein ganz anderer Mensch."

"Vergiss es! Das Einzige was dir die letzten Wochen gutgetan hat, das waren unsere Aktivitäten. Endlich haben wir Zeit für uns – für Kino und für das alles. Das willst du doch nicht wieder aufgeben, oder?"

Karin lebte nach der Scheidung von ihrem Mann seit Jahren allein, da war ihr die vernachlässigte Eva als Ausgehfreundin gerade recht gewesen. Dass sich auf einmal alles wieder ändern sollte, ärgerte sie. Sie wollte das nicht akzeptieren.

"Ich bin deine Freundin, Eva. Ich steh auf deiner Seite und helf dir. Jetzt gibt es kein Zurück mehr. Du musst das jetzt zu Ende bringen!"

Eva ging nicht darauf ein und schwieg. Sie holte ein paar niedrige Schraubgläser aus der Speisekammer. Dann nahm sie die Deckel ab und kippte grüne Blätter, getrocknete Blüten und kleine schwarze Beeren in den Mülleimer. "Das sind die schlimmsten. Ein paar von denen reichen aus, um einen Menschen zu töten. Eine halbe davon hat ihn jedes Mal ziemlich fertig gemacht."

"Was willst du jetzt tun?", fragte Karin.

"Ich hoffe, dass es nicht zu spät ist. Für alles! Für seine Gesundheit und …", Eva stockte und blickte zum Fenster hinaus, "… und für unsere Liebe."

"Dir ist nicht zu helfen!"

Eva schob den Mülleimer zurück unter die Spüle und lächelte.

"Ich bin gleich zurück. Ich muss mal kurz aufs Klo", entschuldigte sie sich und ließ ihre Freundin allein zurück. Karin sah das Schneidebrett auf der Arbeitsplatte. Sie ging zur Spüle und zog den Mülleimer heraus. Da lag das Giftzeug. Sie bückte sich und nahm ein paar der schwarzen Beeren. Mit dem Messer aus der Spüle zerdrückte und hackte sie die kleinen Kügelchen, warf die Bröckchen in den Teller mit Eintopf und rührte mit dem bloßen Finger um.

Die Suppe war jetzt nicht mehr heiß.

VON PASCHERN UND SCHWIRZERN

Das größtenteils ungesicherte Grenzgebiet zwischen Bayern und Böhmen verlockte von je her viele arme Männer und Burschen, ihren Lebensunterhalt durch Schmuggel aufzubessern.

Schwärzen oder Paschen wurde das Schmuggeln in der bayerischen Sprache genannt. Über den Landstrich zwischen Lusen und Dreisessel sprach man sogar vom Pascherwinkel. Im unwegsamen Gelände, auf den steilen Pfaden und Steigen waren die ortskundigen „Waldler" den stationierten Zöllnern oft überlegen. Erschwerend kam hinzu, dass die Schmuggler ihre Grenzgänge unvermittelt in größeren Horden und mit Gewehren gut bewaffnet durchführten. Da blieb den Grenzern oft nichts anderes übrig, als die Köpfe einzuziehen.

Das „Schwirzen", aus der Not heraus, entehrte nicht, so die Meinung der Leute. Es war nicht sündhaft, sonst hätte es in den heiligen Zehn Geboten erwähnt sein müssen. Dem einfachen Landvolk war nicht zu vermitteln, wieso die böhmischen Nachbarn einen besseren und billigeren Tabak rauchen sollten.

Donau-Zeitung aus dem Jahr 1915

In der Nacht vom 18./19. August 1915 machten Mannschaften der Grenzstation Hinterfirmiansreut wieder einen Aufgriff, als sie sechs starke Ochsen im Wert von ca. 4500 Mark abfangen konnten. Die Ochsen sollten von Bayern nach Böhmen gebracht werden. Die Eigentümer konnten leider nicht festgenommen werden, da sie sich durch die Flucht der strafenden Gerechtigkeit für ihr vaterlandsloses Verhalten entzogen. Während in Friedenszeiten das Vieh von Böhmen nach Bayern herübergeschmuggelt wurde, geht jetzt während des Krieges das Schmugglergeschäft den umgekehrten Weg. In Böhmen herrscht nämlich Fleischknappheit und damit ein höherer Fleischpreis als in unserem Land. Diese Sachlage lockt die Schmuggler immer wieder zur Ausübung ihres unsauberen Geschäfts …

Donau-Zeitung vom Mittwoch, 11. August 1902

Mehreren Schmugglern war es gelungen, auf Schleichwegen die Grenze mit Waren zu überschreiten, ohne von den Finanzorganen ertappt zu werden. Schon glaubten sie sich in Sicherheit, als sie plötzlich aus dem Dunkel eines nahen Gehölzes den barschen Ruf: „Halt, Finanzwache!" vernahmen. Ohne sich lange zu vergewissern, warfen die Männer die Bündel zu Boden und liefen durch Dick und Dünn davon. Später stellte sich freilich heraus, dass sie nicht von der Finanzwache, sondern von anderen Schmugglern angehalten worden waren, welche die weggeworfenen Waren in aller Gemütlichkeit auflasen und sich aneigneten. Als aber die schmählich gefoppten Flüchtlinge zurückkehrten und auskundschaften wollten, ob die Finanzbeamten die preisgegebenen Waren mit Beschlag belegt hätten, durchschauten sie bald den lustigen Betrug. Infolge dessen kam es zwischen beiden Banden zu einer großen Prügelei, bei der mehrere Schmuggler derartige Verletzungen davontrugen, dass die Geschichte nicht mehr verheimlicht werden konnte. Auch die Grenzwache erfuhr davon und wird mit den Schmugglern wieder tüchtig aufräumen ...

MARCHHÄUSER

„Der hier wär also der Nächste. Ein … Lorenz Mantei. Scheint irgend so ein Freigeist zu sein. Auf alle Fälle malt er, und es gab Besuche.“

Polizeihauptkommissar Tauber saß vor einem Becher Automatenkaffee und studierte die ausgedruckten Texte.

„Ein Künstler!“, bemerkte sein Kollege. „Das könnte interessant werden. Vielleicht malt der sogar Nackerte.“

„Mensch Urban! Reiß dich zusammen! Wo wohnt denn dieser Mantei?“

„Marchhäuser. Das ist in der Nähe von Haidmühle.“

„Marchhäuser? Nie gehört. Aber Haidmühle sagt mir was. Okay, da fahren wir heut Nachmittag hin“, beschloss Tauber.

„Heute? Hoffentlich wird das nicht zu spät. Du weißt ja – Mittwoch. Da will doch meine Frau immer zum Yoga, und ich pass auf die Kleine auf.“

„Mann!“

Während Urban den Wagen stadtauswärts lenkte, gab Tauber die Adresse ins Navi ein.

„53 Kilometer. Aber ras nicht wieder so närrisch!" Sein Kollege verdrehte die Augen. Tauber sichtete Akten, schaute immer wieder aus dem Fenster und bestaunte die Natur, die sich allerorts herbstbunt färbte. Bald sanken die Papiere auf seine Knie und er fiel in ein unruhiges Nickerchen. Wenn im Radio ein neues Musikstück angestimmt wurde, Navi-Ansagen oder das Ticken des Blinkers einsetzten, blinzelte er aus dem Halbschlaf. Als plötzlich die Teerdecke der Straße abriss und die Vorderräder des Dienstwagens in tiefe Schlaglöcher stießen, schreckte er auf und sah sich verwundert um.

„Wo sind wir denn? Wo fährst du denn hin?"

„Immer dem Navi nach. Wir sind gleich da. Unglaublich, nicht? Ein Wunder, dass dieser Weg digitalisiert ist. Noch 300 Meter und nichts zu sehen außer Bäume."

„Sie haben das Ziel erreicht. Das Ziel befindet sich auf der rechten Seite", meldete die freundliche Stimme, als sie sich der Zielflagge auf dem Display näherten. Urban hielt an. Die beiden Männer schauten ungläubig um sich.

„Scheiß Navi! Dacht ichs mir doch – wir sind falsch. Du bist falsch abgebogen, oder?"

„Nein!", protestierte Urban. „Ich bin überhaupt nicht abgebogen. Ich fahr einfach noch ein wenig weiter."

Der Audi setzte sich wieder in Bewegung. Langsam. Aus den Lautsprechern kam eine neue Ansage: „Wenn möglich, bitte wenden!"

Nach einem kurzen Stück meinte Tauber: „Lass uns besser umdrehen." Urban gehorchte, rangierte rückwärts auf einen schmalen Weg und fuhr die Strecke zurück, bis sie den Wald hinter sich gelassen hatten. Eine Frau mit Hund, an der sie vorbeifuhren, versicherte ihnen aber, dass sie Manteis Anwesen in der besagten Richtung schon finden würden. Wieder wendete Urban, sie fuhren zurück in den Forst, das Auto holperte über den unbefestigten Weg, endlich meldete das Navi „Ziel erreicht" und nach weiteren 500 Metern lichtete sich zu ihrer Rechten das dunkle Gehölz. Sie hielten vor dem Nebengebäude eines jahrhundertealten Bauernhauses.

„Coole Lage", bemerkte Urban beeindruckt.

Es war alles sehr gepflegt. Die gekalkten Hauswände des Erdgeschoßes strahlten in der Sonne. Der schwarzbraune Holzgiebel bot einen starken Kontrast dazu. An der Wand lehnten flache Körbe mit Walnüssen, die in der warmen Luft trockneten. Vor der alten Haustür plätscherte Quellwasser in einen Steintrog. Tauber tastete nach seinem Dienstausweis und klopfte an die Tür. Nichts rührte sich. Die Männer lauschten. Plötzlich durchschnitt ein dumpfer Knall die Idylle, und gleich darauf hörten sie eine Stimme fluchen. Sie liefen um das Haus herum und schreckten den Mann auf, der sich dort aus dem offenen Fenster lehnte. Er schlug es schnell zu.

„Haben Sie eben geschossen? Sind Sie Herr Mantei? Lorenz Mantei?" Finstere Augen blickten den Ermittlern aus einem hageren Gesicht entgegen.

„Was wollt ihr?", hörten sie die Stimme gedämpft durch die Scheiben rufen. Tauber fingerte in die Innentasche seines Sakkos und zog den Dienstausweis heraus.

„Kripo Passau. Wir haben ein paar Fragen."

Der Mann hinter der Scheibe runzelte die Stirn, gestikulierte zur Eingangsseite und verschwand. Wenig später ging die Haustür auf. Er war eine eigenwillige Erscheinung. Die beigefarbene Cordhose wurde von Hosenträgern über den nicht vorhandenen Bauch hochgezogen, aus den kurzen Hosenbeinen ragten nackte Füße heraus. Er trug einen roten Rollkragenpullover und hatte sich einen ausladenden Hut aufgesetzt.

„Ich bin Hauptkommissar Tauber, und das ist mein Kollege, Kommissar Urban." Der Alte blieb stumm und kniff unter buschigen Brauen die Augen zusammen.

„Sind Sie Lorenz Mantei?"

„Der bin ich."

„Dürfen wir reinkommen?"

Mantei schlüpfte schnell hinaus, zog die Tür hinter sich zu und bemerkte knapp: „Ist so schön hier draußen." Er ging vor den Walnusskörben in die Hocke, fuhr mit den Händen in die Nüsse und mischte sie durch.

„Haben Sie vorhin eine Schusswaffe abgefeuert?"

Mantei reagierte nicht.

„Hm. Nun ja, es geht eigentlich um Simon Zech. Sie kennen ihn, nicht wahr?" Keine Reaktion.

„Kennen Sie Simon Zech?", wiederholte der Kommissar mit lauterer Stimme. Mantei drehte ihm blitzschnell das Gesicht zu, sodass er erschrak.

„Freilich kenn ich den Simon. Und?"

„Er ist seit sechs Monaten verschwunden. Es besteht der begründete Verdacht, dass er einem Verbrechen zum Opfer gefallen sein könnte. Ich frage Sie also ganz direkt: In welchem Verhältnis standen Sie zu Herrn Zech, und wann haben Sie ihn das letzte Mal gesehen?"

Schier endlose Stille. Schließlich sagte der alte Mann: „Ist schon lange her."

„Natürlich ist es das! Er wird seit einem halben Jahr vermisst. Überlegen Sie, Herr Mantei!"

„Schnee lag. Ja, es war im März. Wir sind Freunde. Sonst noch was?"

„Entschuldigen Sie bitte, Herr Mantei, aber wir brauchen jede mögliche Information von Ihnen. Sie müssen uns alles erzählen, was Sie über Simon Zech wissen. Vielleicht kommen wir endlich auf die richtige Spur. Wann also haben ..."

„Ich muss gar nix! Ich muss mir ein paar Gedanken machen." Er ging ins Haus, zog vor den Augen der Beamten die Tür ins Schloss und drehte den Schlüssel um.

„Aber, ... Herr Mantei! Sie machen sich verdächtig! Lassen Sie uns miteinander reden!"

„Kommen Sie übermorgen wieder!"

Alles Hinterherrufen half nichts. Die zwei Ermittler schossen noch ein paar Fotos, dann stiegen sie in den Wagen und fuhren unzufrieden weg.

****

Am Freitag hielt der Audi der Kommissare erneut in der Einfahrt von Marchhäuser 27. Tauber pochte an die Haustür, doch sie blieb wie beim ersten Mal verschlossen. Sie hörten von fern ein Akkordeon spielen – leise, langsam, melancholisch.

„Er sitzt da unten in der Wiese!", rief Urban, der sich bereits neugierig auf dem Grundstück umgesehen hatte. Die beiden stelzten den sanft abfallenden Weidegrund hinunter. Sie erreichten den Musikanten, der mit ernstem Gesicht ins Leere schaute. Er trug ein vergilbtes weißes Hemd. Seine Hutkrempe beschattete das Gesicht.

„Grüß Gott, Herr Mantei. Hier sind wir wieder – wie bestellt."

„Pschhht …", antwortete er, ohne aufzublicken. Das Lied wollte zu Ende gespielt werden. Erst nach einer weiteren Strophe schaute Mantei mit glasigen Augen zu den Besuchern auf. Er erhob sich von seinem alten Holzstuhl und stieg, ohne auf die ihm folgenden Beamten zu achten, zum Bauernhaus hinauf. Am Hintereingang streifte er die erdigen Gummischuhe ab und schlüpfte in College-Slipper. Sie betraten ein Atelier, einen hohen Raum, an dessen Wänden viele Bilder hingen. Kleine schwarzweiße, mit Kohle gezeichnete Felsenmotive, in breiten Passepartouts, die in schmale Holzrahmen gefasst waren. Auf weiß lackierten Stelen waren ähnliche Grafiken zwischen gerahmten Doppelglasscheiben präsentiert.

„Nicht berühren, bitte!", wies Mantei sie an und führte sie hinüber in die Werkstatt, wo mitten im Raum eine uralte Spindelpresse stand. Ein angenehmer Holzgeruch empfing sie dort. Mantei hob den Deckel einer abgegriffenen Schachtel hoch und legte sein neuestes Meisterstück, einen Lyrikband in Form eines Leporellos, hinein, um es vor unvorsichtigen Berührungen in Sicherheit zu bringen. Tauber staunte über die außergewöhnlichen Werke.

„Herr Mantei, bitte! Simon Zech wurde am 22. März vermisst gemeldet. Erinnern Sie sich, wann Sie ihn zuletzt gesehen haben? Vielleicht sind Sie eine der letzten Personen, die mit ihm Kontakt hatte."

„20. März", entgegnete Mantei.

„Nein, nein. Am 22. März hat seine Frau das gemeldet."

„Am 20. März hat er mich besucht. Ich hab nachgeschaut. Es steht in meinem Kalender."

„Ein Kalender? Darf ich ihn sehen?"

„Nein."

Während Tauber auf den Künstler einredete, schaute sich Urban unauffällig überall um. Er überflog das Bücherregal, betrachtete Werkzeuge, bewunderte kleine Skulpturen aus Hölzchen und Steinen und bestaunte großformatige Bilder, die in einem Stapel an der Wand lehnten. Das plötzliche Rufen seines Chefs riss ihn aus dem Stöbern.

„Los, Urban! Wir machen einen Spaziergang. Es ist der Weg, den Zech und Mantei bei ihrem letzten Treffen gegangen sind." Einer nach dem anderen stapften sie die Wiese wieder hinunter. Mantei sprang über den Harlandbach, einen kleinen Graben, der sein Grundstück begrenzte.

„Habts eure Ausweispapiere dabei? Ihr seids jetzt im Böhmischen." Er grinste – das allererste Mal, seitdem die Ermittler seine Bekanntschaft gemacht hatten. Auf der anderen Seite stieg das Gelände wieder an. Ausgedehnte Wiesenflächen, die von Baumgruppen unterbrochen wurden, erstreckten sich bis zu entfernten Wäldern. Der alte Mann stieg forsch voran, sodass die anderen sich mühen mussten, um Schritt halten zu können. Er summte eine Melodie, schlenderte vermeintlich ziellos hierhin und dorthin und ließ seine Augen über den Grund gleiten, so als suche er nach einer Spur. Plötzlich kniete er nieder. Er drehte einen gewaltigen Steinpilz aus dem Boden.

„Eineinhalb Pfund!" Die Beamten staunten verwundert.

„Wissen Sie noch, worüber Sie im März bei Ihrem Spaziergang gesprochen haben?", drängte Tauber.

„Ja, aber ich sag es euch nicht. Es ist ein Geheimnis zwischen dem Simon und mir."

Tauber keuchte. „Herr Mantei, jetzt hab ich die Zicken aber langsam satt! Sagen Sie uns endlich, was Sie wissen! Zech könnte tot sein. Vielleicht liegen seine Gebeine bereits unter der Erde, vielleicht ist er aber am Leben und braucht Hilfe." Mantei biss sich auf die Unterlippe.

„Kommt mit!", forderte er ernst. Er eilte weiter über die Weiden. Sie erreichten eine kleine Kuppe, dahinter eine Senke, wo sich knorrige Bäume an einem Graben entlang reihten. Dort blieb er stehen und wartete auf Tauber, dem Schweißperlen auf der Stirn standen.

„Vielleicht ist er das?" Tauber sah über die Schulter Manteis hinweg und entdeckte nur wenige Meter entfernt bleiche Knochen, die verstreut auf kahlem Boden unter einer Baumkrone herumlagen. Sein Herz pochte. Langsam schob er den alten Mann zur Seite und stapfte näher.

„Was soll das?", brüllte Tauber. Er hatte den gehörnten Schädel entdeckt, der ein wenig abseits hinter einem Grasbüschel hervorschaute. Es waren die Überreste eines verendeten Rindes. Wie hatte er sie nur für einen Moment für menschliche Gebeine halten können! Sein Gesicht färbte sich rot. Er kickte mit dem Fuß gegen einen der Knochen, dann riss er wütend den Kopf herum.

„Was zum Teufel …!" fluchte er. „Nanu, wo ist er?" Sie rannten die kleine Anhöhe hinauf und sahen Mantei, der eilig den Weg nach Hause eingeschlagen hatte.

„Dieser verdammte Mistkerl", schnaubte der Kommissar halblaut, „der führt uns an der Nase herum. Aber das sag ich dir, Urban: Mit dem stimmt was nicht. Und den krieg ich!" Querfeldein marschierten sie zurück. Sie erreichten Marchhäuser mit völlig verdreckten Schuhen und Hosen. Tauber trommelte wütend an die Haustür, die sich abermals nicht auftat. Nur die Melodie der Ziehharmonika drang heraus.

Auf dem Rückweg saßen die Männer schweigend in den Ledersitzen ihres Autos. Als Urban nach Waldkirchen auf die B12 auffahren sollte, setzte er den Blinker und hielt am Straßenrand an.

„Was ist denn jetzt?"

„Mir ist was aufgefallen … Ein Bild im Atelier – eins von den ganz großen. Ich habs nicht richtig wahrgenommen, aber wenn ich jetzt darüber nachdenke …"

„Hä?"

„Da war ein Umriss. Es sah so aus wie auf einem Tatort. Der schwarze Umriss eines zusammengekauerten Körpers. Und …", er zögerte.

„Und was, Urban? Raus damit!"

„Flecken – rotbraun. Es könnte Blut gewesen sein."

Tauber starrte seinen Kollegen mit offenem Mund an. Langsam schüttelte er den Kopf, dann schluckte er.

„Du bist so ein Rindvieh, Urban! Warum hast du mir das nicht sofort gezeigt?"

„Aber ich habs nicht richtig erfasst. Just in dem Augenblick hast du mich gerufen. Sorry, Chef."

„Mann!" Tauber vergrub das Gesicht in seinen Händen, dann schlug er mit dem Handballen gegen die Stirn.

„Soll ich umkehren?", fragte Urban kleinlaut.

Tauber überlegte. „Nein. Er wird uns nicht mehr ins Haus lassen. Wir müssen so schnell wie möglich mit einem Durchsuchungsbefehl zurückkommen. Schon morgen. Fahr jetzt!"

***

Samstag, um neun Uhr morgens, stand der Hof in Marchhäuser 27 von jetzt auf gleich voll blinkender Einsatzfahrzeuge. Schwarzgekleidete Polizeibeamte mit scharfen Waffen liefen um das Haus und sicherten Fenster und Türen auf allen Seiten. Schlusslicht des eintreffenden Konvois war Urbans Audi. Mit schwungvollem Einlenken und einer Vollbremsung ließ er das Fahrzeug über den Kies der Einfahrt schlittern. Tauber zog entnervt die Stirn kraus und schüttelte den Kopf. „Brauchts das, Urban?"

Der korpulente Beamte hievte sich schwungvoll aus dem Wagen. Er überblickte die Einsatzkräfte auf ihren Stellungen und stolzierte schneidig zur Haustür. Er klopfte.

„Mantei? Öffnen Sie die Tür!" Nichts rührte sich. Zu seinen Seiten standen Polizisten mit entsicherten Pistolen. Er schlug mit der Faust gegen das massive Türblatt.

„Diesmal ist es kein Spaß, Mantei. Ich habe einen Durchsuchungsbefehl. Wenn Sie nicht aufmachen, müssen wir gewaltsam eindringen. Öffnen Sie sofort die Tür und ergeben Sie sich!" Die Klinke wurde gedrückt und die Tür ging auf. Sie war nicht abgesperrt. In der dunklen Diele stand Lorenz Mantei im Schlafanzug und stierte mit aufgerissenen Augen auf die Waffen der

Einsatzkräfte. Polizisten stürmten ins Haus und überwältigten den Mann. Tauber erläuterte mit wenigen Worten die Legitimation der Aktion, dann winkte er Urban und sie eilten nach hinten ins Atelier. Das besagte Bild lehnte wie tags zuvor mit anderen Kreationen an der Wand. Urban zog es heraus und legte es auf den Boden. Mit offenem Mund musterte Tauber die Darstellung eines verkrümmten Körpers. Ein Bein war seltsam verdreht, der Kopf in den Nacken geworfen. Tauber kniete nieder und inspizierte die Flecken, die zweifellos wie getrocknetes Blut aussahen. Er roch daran und zuckte mit den Schultern. Männer in weißen Overalls betraten den Raum. Einer begann sofort zu schimpfen und scheuchte die beiden hinaus.

Der vor Schreck erstarrte alte Künstler wurde in Handschellen aus seinem Haus geführt, in einen Transporter geschoben und nach Passau gebracht.

***

„Jetzt machen Sie doch endlich den Mund auf, Mantei! Wie ist dieses Bild entstanden?" Kommissar Tauber hatte den inzwischen hauptverdächtigen Zeugen sofort zum Verhör holen lassen. Das Eisen schmieden, solange es heiß war, war seine Devise. Mantei saß vor dem großen Schreibtisch des Ermittlers und blickte irritiert in seine Handflächen. Er gab keine Antwort. Kein Wort erklärte das vermutete Blut auf der Leinwand. Er sagte auch nichts mehr zu seiner Beziehung zu Simon Zech. Er blieb stumm wie ein Fisch. Verstockt und missachtend fixierte er sein Gegenüber.

„Ich krieg dich, Mantei, verlass dich drauf!"

Endlich kam der Laborbericht. Tauber riss den Umschlag auf und überflog das Analyseergebnis. „Nananana …", murmelte er. „Da! Es handelt sich eindeutig um menschliches Blut. Hörst du zu, Urban?" Der Kollege nickte eifrig. „Menschliches Blut – du hattest absolut recht!" Er las weiter in dem ellenlangen Bericht und suchte fieberhaft nach dem entscheidenden Hinweis. „Diese Labor-Nerds! Können die eine lapidare Aussage nicht in drei Sätze packen?" Nach einem kurzen Moment entfuhr ihm ein erstauntes Seufzen. „Shit! Es ist nicht Zechs Blut. Die DNA-Analyse ist eindeutig – nicht Zechs Blut!"

„Nicht? Aber wem seins dann?", fragte Urban erstaunt.

„Du bist so dämlich! Wie solln die denn das wissen, hä? Nicht Zechs Blut, basta!"

„Der wird doch nicht sein eigenes …", meinte Urban kleinlaut. Tauber stutzte, griff zum Handy. Es wurde Blut abgenommen. Es wurde analysiert. Es wurde schließlich festgestellt, dass es sich um Manteis eigenes Blut handelte. Der Alte wurde noch einmal verhört und mit knappen entschuldigenden Worten freigelassen. Einzig der Flobert wurde konfisziert und der unerlaubte Waffenbesitz zur Anzeige gebracht.

***

Wochen vergingen. Die beiden Ermittler sichteten weitere Dokumente, gingen Spuren nach, die allesamt im Sande verliefen. Tauber lag nachts oft wach und grübelte über den Künstler aus Marchhäuser. Dem kauzigen Alten traute er alles zu – und gleichzeitig nichts. Ein begnadeter Kunstschaffender war er, davon hatte er sich selbst überzeugen können. Und vielleicht ein Mörder! Einzig, Tauber hatte bislang kein Motiv ergründen können. Ohne ein Mordmotiv war Mantei nicht beizukommen. Ein seltsames Gefühl ließ ihm keine Ruhe.

An einem Freitagabend betrat Tauber den Gasthof Strohmaier in Haidmühle. Holzvertäfelungen, dunkle verschnörkelte Möbel und blumenbedruckte Vorhänge repräsentierten den Bayerwaldstil einer längst vergangenen Generation. Am langen Tisch hockten die Gäste, die sich immer dort trafen. Vier Männer spielten Schafkopf – einer von ihnen war Mantei. Tauber bat höflich, Platz nehmen zu dürfen, und setzte sich neben einen der Spieler. Er saß Mantei gegenüber, der ihn weder grüßte noch sonst wie beachtete. Die Kellnerin brachte dem fremden Gast ein Bier und er verfolgte wortlos die Partie. Nach der Schafkopfrunde wurden Goaßmaßen aufgetragen. Tauber suchte den Blickkontakt mit dem Marchhäuserer. Die Männer am Tisch musterten den Kommissar, der ihnen aus Zeitungsberichten zum Fall Zech bekannt war. Schweigend, ganz so, wie es ihrem Naturell entsprach. Es war Manteis Sache, doch der ignorierte ihn nach wie vor. So saßen sich die Männer für Stunden gegenüber, tranken, aber redeten nicht. Erst draußen auf der Toilette.

„Ich bin mit dem Verbleib von Zech nicht weitergekommen", begann Tauber das Gespräch.

„Wen wunderts?"

„Wo ist der Zech, Mantei? Wo ist er?"

„Was gehts mich an?", entgegnete der Künstler und musste laut aufstoßen. Er wusch sich die Hände und rupfte Recycling-Papier aus dem Spender.

„Er war dein Freund, oder? Ich weiß, dass du mir mehr zu sagen hast, Mantei. Und ich bitte dich! Ich komme nicht weiter in dem Fall. Ich war auf dem Holzweg, was dein Bild betraf, aber jeder Beamte hätte auf die seltsame Darstellung mit einer Untersuchung reagieren müssen. Bitte hilf mir weiter!"

„Was fragst du mich? Frag doch seine Freundin?"

„Was? Eine Freundin?"

„Gibts denn da keine Mails, Handynummern, was weiß ich?"

„Nein, nichts. Was weißt du über eine Freundin? Bitte sags mir!"

Mantei zog den Passauer Ermittler am Ärmel seines Sakkos in die Gaststube zurück. An der Theke verlangte er seine Flasche Birnenbrand, dann setzten sie sich abseits an einen kleinen Tisch. Sie tranken einige Gläser vom Hochprozentigen, bis der Alte reden mochte. Seine Augen wurden feucht. „Der Simon hatte eine Geliebte. Er hat mir ein paarmal von ihr erzählt. Ich hab nicht besonders gut zugehört, weil es mich doch nichts angeht."

„Wie heißt sie?"

Mantei zuckte mit den Achseln. Während er die Gläser noch mal einschenkte, sagte er: „Sie ist aus Tittling. Verheiratet."

„Aha."

Eine Träne tropfte auf die Tischplatte. Mantei nahm das volle Glas, stieß mit Tauber an und trank es aus.

„Sie spielt Geige, so viel kann ich dir sagen. Und tritt öffentlich auf. Jetzt sieh zu, dass du deinen Mörder findest." Mantei stand auf, wankte zur Theke und schob dem Wirt einen Geldschein über den Tisch.

***

Es vergingen fast zwei Wochen, bis auf Marchhäuser wieder Polizei vorfuhr. Dieses Mal hingen die Wolken bis zu den Spitzen der Tannen. Von der Senke, wo der kleine Graben das Bayerische vom Böhmischen trennt, krochen Nebelschwaden herauf. Ein grauer Herbsttag, kalt und feucht, und geeignet, um sich zu verbergen und zu entkommen. Tauber fand die Haustür eine Handbreit offen. Er schluckte, sah sich um und winkte den Uniformierten, die ihre Pistolen zogen.

„Hallo? Herr Mantei?"

Überraschenderweise kam sogleich eine Antwort von innen, und der alte Künstler hieß die Beamten eintreten. Ein herber Duft von trocknenden Nüssen und Kräuterbuschen empfing sie in der warmen Stube. Mit dem Akkordeon auf den Knien saß Mantei am rustikalen Esstisch, doch es war nicht die Zeit für Melodien. Nicht einmal für traurige. Er saß da mit einem gequälten Lächeln und wusste, dass er dem Ermittler vieles würde erklären müssen.

„Ich hatte lange Zeit keine Ahnung. Ganz zum Schluss erst, als der Simon von ihrem Talent geschwärmt hat, die Geige zu spielen, bin ich stutzig geworden. Ich habe seit Jahren kein besonders gutes Verhältnis zu meiner Kleinen, deshalb wusste ich nicht, dass sie so unglücklich ist. Sie hat mich vor einer Stunde angerufen und erzählt, dass ihr die Leiche gefunden habt."

Mantei strich mit der Hand über die Klaviatur seines Instruments. Er drückte Tasten, ohne einen Ton zu erzeugen, und fragte: „Hast du Kinder, Tauber?"

„Es geht allein um Ihre Geschichte, Mantei. Erzählen Sie mir von Ihrer Tochter."

Mantei schob den Akkordeonbalg zu und drückte die ledernen Balghalter in die Druckknöpfe. Er rieb sich die schweißnassen Hände.

„Ich wollt ihr ins Gewissen reden. Das konnt ich doch nicht gutheißen, oder? Meine Moni! Außerdem hab ich an der Ernsthaftigkeit von Simons Absichten gezweifelt. Der war doch auch verheiratet."

Mantei schniefte. Er rieb sich nachdenklich das Kinn.

„Ich bin zu ihr gefahren und sie hat mir geklagt, was ihr Mann für ein Grobian ist. Der Simon hätte ihr endlich das Gefühl gegeben, geliebt zu werden. Dann ist plötzlich der Hannes hereingetrampelt. Er hatte die ganze Zeit gelauscht und alles gehört. Und dann hat er getobt wie ein Irrer und hat mich hinausgeworfen. Trotzdem hätte ich dem Großmaul nicht zugetraut, dass er seine Drohungen wirklich wahr macht. Aber vom Simon haben wir seither nichts mehr gehört. Der Hannes hat ihn einfach erschlagen. Ich hab ihn nie gemocht und ich werde gegen ihn aussagen. Alles!"

Der Alte zog ein Taschentuch aus der Hose und schnäuzte sich. Seine Augen glänzten.

„Wenn ich mich nicht eingemischt hätte, dann wäre der Simon vielleicht noch am Leben. So hab ich die Moni am Ende gleich um ihre beiden Männer gebracht. Aber sie muss es auch wollen, dass der Hannes, der Hund, hinter Gitter kommt. Er wars! Und er hat den armen Kerl im Misthaufen vergraben!"

BET, KINDLEIN BET, MORGEN KOMMT DER SCHWED

Krieg herrschte in den vergangenen Jahrhunderten zu jeder Zeit, aber solange die Feinde nicht vor der Tür standen, nahmen die meisten Menschen wenig Notiz davon. Am 15. April 1632, etwa zur Halbzeit des Dreißigjährigen Kriegs, führte Gustav Adolf seine Soldaten über den Lech. Von diesem Zeitpunkt an, war der Krieg zwischen Protestanten und Katholiken auch in Bayern angekommen. Mordend und plündernd überfielen die Schweden das Land. Männer, die über Jahre nichts anderes erlebt hatten als die Brutalität des Krieges, waren ihrer Menschlichkeit beraubt und konnten nicht anders als brennen, schlagen, erniedrigen. Wohl dem, der sich freikaufen konnte. Viele Städte brannten – Eggenfelden zweimal. Und die Belagerung durch bayerische Einheiten war kaum besser. Der Bayerischen Kurfürst Maximilian I. verlangte die Versorgung seiner einquartierten Soldaten, die in ihrem Tross oft auch Familienangehörige mitführten. In einem Brief nannte er als Tagesrationen zweieinhalb Pfund Brot, eineinhalb Pfund Fleisch und zwei Maß Bier, dazu das Futter und Stroh für die Pferde. Die Forderung des Kurfürsten legitimierten Plünderungen durch dieselben Männer, die geschickt waren, das Vaterland zu verteidigen. Unmittelbar vor dem lang ersehnten Ende dieses barbarischen Kriegs belagerten die Schweden noch einmal den ostbayerischen Landstrich. Als zum dritten Mal Truppen gegen Eggenfelden zogen, waren die Bürger verzweifelt. Etliche flohen in panischer Angst, um sich in den Wäldern zu verstecken. Andere spielten mit dem Gedanken, dem Feind zuvor zu kommen, und sich selbst das Leben zu nehmen. Doch da war ein Mann, ein Pater, der Pläne geschmiedet hatte und angetreten war, um an diesem Ort ein Haus für den Herrn zu bauen. Ein Kloster sollte entstehen. Der Kurfürst selbst hatte dazu seine Einwilligung gegeben.

Pater Johannes Baptist Still hatte eilig um eine Ratsversammlung gebeten und die Marktherren überzeugen können, dass es besser wäre, das letzte Hemd zu geben, als sich dem Feind auszuliefern. Alles Gold, alles und noch mehr musste gegeben werden. Die Fässer mit Bier und alles was an Branntwein einzusammeln war sollte dahin sein. Pater Still vertraute auf die Hilfe des Herrn. Sein Gott würde ihn nicht im Stich lassen. Wer sonst sollte das Kloster bauen! Es lag an ihm und deshalb stand er vor dem Stadttor, als die Feinde den Markt erreichten.

Wir wissen von dieser Begegnung nicht mehr, als dass die Verhandlung glückte.

DAS ALTE ZEUG
UNTERM KLOSTERDACH

Es war eine riesige Sensation! Zumindest versuchte der rasende Stadt- und Landjournalist Kraibichler eine daraus zu machen. In der Samstagsausgabe des Rottaler Anzeigers brachte er einen ganz großen Bericht über den Dachbodenfund des Jahrhunderts.

Es ging um nichts Geringeres als um ein Gemälde, das im alten Franziskanerkloster in Eggenfelden entdeckt worden war. Ein Bildnis des Mannes, der die Stadt – damals noch ein Marktflecken – vor dem Niederbrennen durch die einfallenden Schweden gerettet hatte. Pater Johannes Still trat 1648 den marodierenden Truppen entgegen und erreichte durch seine mutige Verhandlung die Schonung des Ortes. Seine furchtlose Heldentat ist unvergessen, doch ein Abbild dieses Paters gab es nicht. Und wie kam es zu dem Fund? Irgendein Wesen trieb sein nächtliches Spiel auf dem Dachboden des Klosters und beunruhigte Frau Rheine, die Hausverwalterin. Eines Nachts, sie hatte das Bad aufgesucht und sich dann wieder in das warme Federbett gekuschelt, hörte sie plötzlich leise tapsende Schritte. Sie riss die Augen auf, starrte und lauschte in die Finsternis. Die Geräusche stammten von einem Tier, soweit konnte sie das schon einordnen. Vor einem Einbrecher musste sie also nicht Angst haben. Es war ein Tier, das nach kurzen Pausen wieder schnell an einen anderen Platz huschte.

Gleich am nächsten Vormittag stieg sie hinauf auf den Boden und inspizierte den hohen staubigen Raum, doch sie konnte nichts entdecken. Aber das nächtliche Getapse hörte nicht auf. Längst nicht jede Nacht, aber doch immer wieder, wenn sie nicht schlafen konnte, bemerkte sie das Treiben unterm Dach. Es war ihr nicht geheuer.

"Da hausen irgendwelche Viecher auf dem Speicher, ist doch klar!", meinte der Mesner der Pfarrkirche, dem sie das Problem anvertraute.

"Ich hab schon mal nachgesehen – da ist nichts."

"Vielleicht ists ein Marder, der nachts über das Dach läuft. Oder es hat sich was eingenistet."

"Tätest bitte einmal kommen und nachschauen, da oben?", bat die Frau.

Der Mesner kam, und der Diakon leistete Beistand. Sie betraten den Dachboden des Haupthauses, auf dem sich nur ganz wenig Gerümpel befand. Ein paar alte Kirchenbänke aus einer Kapelle ruhten unter einer dicken Staubschicht, zwei Schränke und einige Kisten. Der Mesner leuchtete mit seiner LED-Taschenlampe hinauf in das dunkle Gebälk. Es war alles still. Sie gingen einmal rundherum und inspizierten den schmalen Streifen hinter den

Fußpfetten. In diesem Winkelraum entdeckten sie einen niedrigen Kasten.

„Vielleicht hat sich darin etwas verschloffen. Siehst du ein Loch, also irgendeinen Eingang für ein Viecherl?", fragte der Diakon.

"Nein, da ist nix. Außen seh ich aber nicht hin." Der Mesner klopfte mit der Lampe auf das schwarzbraun lackierte Holz.

„Es ist eine verschlossene Kiste. Ich versuch mal, ob sie aufgeht. Achtung!" Vorsichtig hob er den Deckel ein klein wenig an und leuchtete in den Spalt, der sich bildete. Da war nichts Pelziges und nichts Fedriges. Die Kiste öffnete sich problemlos und ein Stoffbündel kam zum Vorschein. In dem Leinen befand sich ein altes Bild, das hier Jahrzehnte, vielleicht sogar Jahrhunderte im Dornröschenschlaf gelegen hatte.

"Vielleicht ists was wert!" Die beiden Männer freuten sich, erkannten aber zunächst noch nicht, um welches Motiv es sich handelte. Sie gingen zu dem Fenster im Giebel und betrachteten das Bild im Tageslicht. Es hatte eine Größe von etwa vierzig auf dreißig Zentimeter und zeigte einen Pater mit einem Kistchen.

"Ein nettes Stillleben gefiele mir besser", meinte der Mesner.

"Ich finds gut. Aber weil du grad Stillleben sagst …" Den Diakon überkam eine mutige Ahnung. Konnte es sein? War der Ordensmann auf dem Gemälde etwa Pater Johannes Still, der im Dreißigjährigen Krieg mit den

Schweden verhandelt und Eggenfelden vor der Zerstö-
rung gerettet hatte?

"Heilige Mutter Gottes!"

"Gwiss nicht!", entgegnete der Mesner.

"Weißt, was ich glaub?", fragte der Diakon geheimnis-
voll. "Das könnt ein Portrait von Pater Still sein. Das
Kästchen in seinen Händen könnte eine Geldkassette
darstellen. Lösegeld, das er an die Schwedischen über-
gibt. Das wär eine Sensation!"

Die Signatur des Künstlers konnten sie nicht entzif-
fern, aber es war klar, dass dieses Gemälde sehr, sehr alt
und eine Kostbarkeit war. Sie inspizierten noch jeden
weiteren Winkel, fanden aber nichts Aufregendes mehr.

"Was ist jetzt mit dem Viech?" Der Mesner erinnerte
sie an ihr eigentliches Vorhaben.

"Wir haben doch jeden Winkel schon dreimal angeschaut – da ist nix. Es muss ein nächtlicher Besucher sein.
Bestimmt ein Marder, wie ichs mir gedacht hab."

Der Diakon trug den Schatz so vorsichtig und kon-
zentriert die Treppe hinunter, dass er vor lauter Aufpassen eine der sehr kurzen Stufen verfehlte und auf dem
Hosenboden landete. Gott sei Dank war dem Bild nichts
passiert.

"Um Himmels Willen, Ulrich!", rief die Verwalterin,
die nachschauen wollte, als von den Männern auf dem
Dachboden so lange kein Lebenszeichen mehr gekommen war.

"Mir fehlt nix. Ooch – bis auf mein Steißbein."

Sie gingen zusammen ins Arbeitszimmer und staunten nun zu dritt.

***

Innerhalb weniger Tage hatten viele Honoratioren das Fundstück angeschaut. Die Kirchenleute, Lehrer, der Bürgermeister, der Landkreis-Kulturbeauftragte und viele mehr. Das Interesse war beachtlich. Täglich riefen Leute an, die es sehen wollten.

Es sollte nun von einem Spezialisten gereinigt und dann einem Sachverständigen übergeben werden. Zuvor aber – man wusste schließlich nicht, wie lange sich das Ganze hinstrecken würde – sollte es einen Ausstellungstag geben, an dem die Öffentlichkeit das Werk im Originalzustand anschauen konnte.

"Wir hängen es ins Refektorium, oder?", fragte die Verwalterin.

Es wurde nicht viel vorbereitet. Kurzerhand bekam es den Platz, an dem zuvor eine Schwarz-Weiß-Fotografie gehangen hatte. Ein großer Bericht im Rottaler Anzeiger gab die alte Stadtgeschichte wieder und informierte über die Ausstellung im Kloster.

Und die Besucher kamen. Gruppenweise bestaunten sie im schönen Saal das finstere Werk aus früher Zeit und der Kulturbeauftragte erklärte, rekonstruierte und interpretierte. Es wurde ausgiebig gestaunt, bevor es weiterging zu hausgemachtem Kuchen mit fetter Sahne.

"Wie lange existiert denn das Kloster und wer hat es
gegründet?", fragte ein Bub, der sich einer Besucher-
gruppe angeschlossen hatte.

"Och, das weiß ich nun nicht so genau", entschuldigte
sich Dr. Kulturbeauftragter, "ich kann leider nur zu den
Fragen, die das Bild betreffen, Auskunft geben. Aber da
wird sich sicher jemand finden, der dazu äh …" Frau
Rheine sprang zur Seite und wusste die Antworten.

"In welcher Weise war das Kloster für das Allgemein-
wohl der Stadtbewohner von Bedeutung? Können Sie
mir das sagen?", fragte der Junge anschließend.

Der Kulturdoktor schaute den Jungen ratlos an.
"Weißt du, es geht hier in unserer Ausstellung halt vor-
dergründig um das Gemälde über den Pater Johannes
Still. Hast du dazu vielleicht Fragen?"

Paul runzelte die Stirn und überflog das Papier auf seinem Schreibbrett. "Ah ja, können Sie mir die Biografie
von Pater Still kurz schildern? Aber langsam, wenns
geht, damit ich mitschreiben kann."

Dem Experten traten Schweißperlen auf die Stirn.
"Wofür brauchst du denn all diese Informationen?"

"Ich muss ein Referat halten. Etwas aus der Stadtgeschichte Eggenfelden soll es sein. Da hab ich mich für die
Geschichte des Klosters entschieden."

"Ah, das ist ja interessant. Brav! Aber wir besprechen
hier dieses eine Gemälde von Pater Still. Deine Fragen
zur Klostergeschichte kann ich leider nicht beantworten.
Hast du schon im Internet geforscht? Da gibts bestimmt

Material dazu, aber unsere Ausstellung ist dafür nicht der richtige Ort."

Paul verzog das Gesicht. Er verstand schon, dass seine Fragen nicht erwünscht waren.

Er trat einen Schritt zurück und verfolgte die Präsentation aus der zweiten Reihe. Das Bild aber fesselte ihn. Was für ein mutiger Mann das doch gewesen war, der Pater Still. Der hätte sich genauso gut in Sicherheit bringen können, aber er hatte sein Leben riskiert und mit den feindlichen Soldaten verhandelt. Das war alles sehr interessant.

Am nächsten Tag, es ging schon auf Mittag zu, traf eine Anzahl von Experten im Kloster ein. Die illustre Gruppe wurde im Studierzimmer des Klosters mit Kaffee und niederbayerischem Schmalzgebackenem empfangen. Nach und nach versammelten sich ein berühmter Kunsthistoriker aus der Schweiz, Beauftragte der Bayerischen Staatsgemäldesammlung, Kunst-Restauratoren und natürlich wieder die Honoratioren der Stadt. Gestärkt konnte dann das Kunstwerk in Augenschein genommen werden. Es war wieder Herrn Dr. Kulturs Aufgabe, die Herren in den Ausstellungsraum zu führen, doch an dem Platz, wo tags zuvor ein reges Ah und Oh zu vernehmen war, herrschte erwartungsvolles Schweigen. Da gab es nichts zum Staunen.

„Frau Rheine!", rief Dr. Kultur etwas angesäuert, weil er nicht informiert worden war. „Wo ist denn das Bild jetzt?"

Die Hausherrin drängte sich von hinten zwischen den breiten Rücken der Herren durch.

„Ja, wo ist denn das Bild jetzt?", wiederholte sie. „Es hing doch genau dort an diesem Nagel."

„Frau Rheine, bitte! Das ist jetzt aber ein schlechter Scherz. Wo ist denn das Bild?"

Frau Rheine begann zu stottern und suchte hilflos das Gesicht des Diakons. Der schüttelte nur den Kopf und zuckte mit den Achseln. Da war keiner von den Hiesigen, der etwas zum Verbleib des Kunstwerkes sagen konnte. Nach einer Weile hatten sich irgendwie alle Gäste in eine sinnlose Suchaktion verwickeln lassen. In allen Räumen standen plötzlich Menschen. Überall steckte jemand seine Nase in verborgene Winkel, die ihn überhaupt nichts angingen. Das Bild aber blieb verschwunden – es war eine Katastrophe.

***

Paul hatte tatsächlich im Internet historisches Material über das alte Franziskanerkloster in Eggenfelden gefunden und daraus ein Referat für den Geschichtsunterricht gebastelt. Er war sehr nervös, das sah man an seiner zitternden Hose und das hörte man auch an seiner ebenso flattrigen Stimme. Die wichtigsten Jahreszahlen durfte er von einer Moderationskarte ablesen. Er referierte, dass 1648 der Kurfürst von Bayern die Erlaubnis zum Bau des Klosters gegeben hatte.

„Dann ist der Pater Johannes Baptist Still nach Eggenfelden gekommen, um das Ganze vorzubereiten. Dann wollten die Schweden unsere Stadt plündern. Dann hat der Pater Still dem Anführer aber ein Lösegeld bezahlt und dann sind die Schweden weitergezogen und haben woanders geraubt. Dann ist aber die Pest ausgebrochen, wo ganz viele Menschen dran gestorben …“

Paul schilderte anschaulich die Geschichte, doch als er mit der gegenwärtigen Nutzung der Klosteranlage zu Ende war, machte er noch einen großen Sprung zurück zu seinen Anfängen. Es sollte noch mal um den frühen Helden gehen. Hinter dem Lehrertisch zog er aus einer großen Plastiktüte ein dunkles Gemälde heraus, hob es hoch und zeigte es seinen Mitschülern, in dem er es langsam von links nach rechts drehte.

„Hier sieht man den Pater Still, wo er den heidnischen Schweden das Lösegeld gibt. So hat er ausgeschaut! Vielen Dank für die Aufmerksamkeit.“

Die Mitschüler klatschten unbeeindruckt Beifall, wie sie es jedes Mal taten, nur dem strengen Herrn Brieglmeier fiel das Kinn herunter. Als alter Geschichtsexperte war er tags zuvor im Kloster gewesen und hatte mit den anderen Geladenen nach dem verschwundenen Bild gesucht. Und jetzt zog dieser Bengel die Kostbarkeit aus seiner gelben Netto-Tüte.

Noch bevor der Gong ertönte, verabschiedete Brieglmeier die Kinder nach Hause. Nicht aber Paul, der sollte kurz bleiben, denn er hätte etwas anzumerken. Und das hatte sich gewaschen. Nachdem die Tür geschlossen war, wurde es laut. Der alte Lehrer trieb Paul mit wenigen Sätzen in die Enge und unterstellte ein Kapitalverbrechen. Paul war so überfahren, dass er nicht lange leugnete. Ja, er hatte das Bild genommen, aber nur, um es hier zu zeigen und dann gleich wieder zurückzubringen.

„Zurückbringen? Einfach so? An der Klosterpforte klingeln und sagen: Hier, das hab ich mir ausgeliehen! Mensch, Paul! Die ganze Stadt sucht danach. Einfach zurückbringen? Du willst berühmt werden! Die ganze Stadt wird dich Dieb nennen. Willst du das?"

Paul war zerstört. Er weinte bitterlich und beteuerte nur immer wieder, dass er sich das Bild wirklich nur ausleihen wollte. Brieglmeier ließ ihn noch ein wenig zappeln. „Ich weiß gar nicht, ob wir dich auf der Schule halten können. Die Rektorin wird dich rausschmeißen." Er zog das Gemälde noch einmal aus seiner unwürdigen Verpackung und betrachtete es eine Weile.

„Ich will dir helfen, Paul. Das wird zwar auch für mich unangenehm, aber ich werde eine Möglichkeit finden, das Diebesgut zurückzubringen. Wissen deine Eltern überhaupt von dem Bild?"

„Nein. Mein Papa ist ja nicht zu Hause und die Mama hat so wenig Zeit. Ich hab das Referat ganz allein gemacht."

„Gut. Ich sehe eine Möglichkeit. Pass auf! Kein Wort mehr über das Bild, verstanden?" Paul nickte eifrig. „Ich nehme es mit und sobald wie möglich bring ich es zurück. Wenn es erst wieder im Kloster hängt, dann kräht kein Hahn mehr nach dem Dieb. Wenn du aber ein Wort sagst, dann bringst du mich auch in Bredouille. Dann geb ich dir eine 6 fürs Referat. Egal was passiert, du hältst den Mund, ok?"

Paul hätte alles versprochen und wenn nötig seine Seele verkauft. Hauptsache raus aus der Sache. Und es ging gut, obwohl er noch lange bangte. Dann aber stellte sich langsam wieder Seelenfrieden ein. In seinem Notenspiegel stand eine wohlwollende 2 für das Referat und im Jahreszeugnis hatte er sich damit in die Note 4 retten können. Zum nächsten Schuljahr verabschiedete sich Herr Brieglmeier in Pension und ein junger Referendar übernahm die Klasse. Der war der Überzeugung, dass Geschichte von den Schülern erlebt werden muss. Gedenkstätten, Museen und Originalschauplätze wären das bessere Klassenzimmer. Solche Ausflüge sind leider nur begrenzt in den Lehrplan einzubauen. Im Herbst nutzte der junge Lehrer den Wandertag für eine Stadtführung mit Pauls Klasse. Ein etwas schrulliger Typ in leuchtend roter Pilotenjacke wartete am historischen Luibl-Haus auf sie. Er verstand es wirklich gut, die Geschichte der Stadt lebendig werden zu lassen. Am Grabmeier-Tor kam er schließlich auch auf die Belagerungen im Dreißigjährigen Krieg zu sprechen. Paul erinnerte sich an sein Referat. „Da hat der Pater Still mit den Schweden verhandelt und sie vertrieben!"

„Ja, so ungefähr zumindest. Der Pater Johannes Baptist Still war wirklich ein mutiger Mann und ein Held. Er hat mit den Offizieren der Schwedenhorden verhandelt und ein Lösegeld übergeben, damit sie die Stadt, die damals nicht so groß und noch ein Markt war, schonen und nicht niederbrennen würden. Heuer im Frühjahr wurde im Kloster ein uraltes Gemälde dieser Geldübergabe entdeckt, aber leider ist dieses Bild nach ein paar Tagen spurlos verschwunden. Niemand weiß, wo es abgeblieben ist."

Paul lief es kalt und heiß den Rücken hinab. Das Bild war noch immer verschwunden? Er konnte den weiteren Erzählungen ihres Guides nun nicht mehr folgen. Seine Gedanken drehten sich um seinen alten Geschichtslehrer, der doch die unrühmliche Sache in Ordnung bringen wollte. Als Paul abends in sein Bett kroch, konnte er lange nicht schlafen. Er musste herausfinden, ob Herr Brieglmeier das Bild behalten hatte und in seinem Haus aufbewahrte. Doch wie sollte er das anstellen? Er konnte schließlich nicht dort einbrechen. Dazu fehlten ihm der Schneid und die richtige Idee. Nein, auf keinen Fall. Aber es musste etwas geschehen. Einmal war Paul mit einem Freund strawanzen, da sah er Herrn Brieglmeier mit Ehefrau in der Stadt. Es war eine kleine Chance. Die Adresse hatte er längst im Internet ausfindig gemacht.

„Schau, der Brieglmeier mit seiner Alten. Ich muss jetzt sofort etwas erledigen und du kommst mit. Ich erzähl dir gleich, worum es geht."

Er brauchte einen Komplizen, einen Mutmacher an der Seite. Und einen, der Schmiere stehen konnte. Die beiden liefen los. Schnaufend erreichten sie das Häuschen in der Mertseestraße.

„Ich geh rein. Du musst nix tun, nur aufpassen. Und wenn er kommt, dann pfeifst du, ok?"

„Ja. Äh nein. Ich kann nicht pfeifen. Zumindest nicht laut."

„Dann klappere mit dem Briefkastendeckel!"

Felix versuchte es. Das war tatsächlich ziemlich laut.

„Ok, mach ich."

Paul sah sich noch mal um. Niemand war zu sehen, außer einer doofen Katze, die sie beobachtete. Er öffnete das Gartentor. Die Eisenscharniere quietschten ein wenig. Kaum war er auf dem Weg, das mit altmodischem Hundeknochenpflaster verlegt war, verschwunden, da klapperte Felix.

„Was ist denn los?"

„Tut mir leid, der Deckel ist mir ausgekommen. Luft ist rein!"

„Weißt du was, lass das mit dem Klappern. Nimm dein Handy. Wenn jemand kommt, dann ruf an!"

Paul ging von Fenster zu Fenster und spähte hinein. Es sah recht ordentlich aus, aber irgendwie total altmodisch. Auf der Rückseite konnte er das Arbeitszimmer einsehen. Ein großer dunkler Schreibtisch stand darin und ein Bücherregal. An den Wänden hingen tatsächlich viele alte Bilder, manche mit goldenen Rahmen. Es sah aus wie in einem Museum. Leider konnte er nur einen kleinen Teil überblicken und den Pater Still – Fehlanzeige.

„Tausendprozentig! Es muss da sein, aber ich komm nicht hinein. Hast du denn eine Idee?"

„Hm. Du könntest ihn um Nachhilfestunden anfragen", fiel Felix ein.

„Du spinnst wohl!"

Die beiden schlichen unverrichteter Dinge davon. Auf dem Nachhauseweg hatten sie noch mehr kreative Ideen, die sie leider alle verwerfen mussten. Bis auf eine. Die war auch blöd, aber nicht so sehr. Und sie konnte erst in drei Monaten in die Tat umgesetzt werden.

Als es so weit war, standen Paul mit schwarz bemaltem Gesicht, Felix und dessen nicht eingeweihte Schwester mit langen Gewändern vor dem Häuschen des Lehrers und klingelten.

„Wir sind die drei aus dem Morgenland, euch allen wohlbekannt. Wir gehen jetzt von Haus zu Haus, und rufen die frohe Botschaft aus …"

Inzwischen waren die drei Kinder erprobte Sternsinger, denn sie hatten es schon die ganze Straße herauf praktiziert. Und nur ein einziges Mal war es ihnen nicht gelungen, ins Haus zu kommen. Sie mussten unbedingt ihren Rauch und den Segen für das neue Jahr in die Räume des Parterres hineintragen. Ein Glück, dass das Wetter mitspielte und die Gesegneten keine dreckigen Schuhe in der Wohnung fürchten mussten. Auch bei den Brieglmeiers lief es wie am Schnürchen. Paul steuerte geradewegs auf die Tür zu, hinter der er das Arbeitszimmer vermutete. Und er entdeckte es ganz schnell. Tatsächlich hing das Bild neben anderen alten Schinken an der Wand.

„Ach, lieber Herr Brieglmeier", bat Felix wie heimlich vereinbart, „könnten Sie von uns dreien bitte ein Foto machen?", und streckte ihm schon das Handy entgegen. „Das wär schön."

Der alte Lehrer kam gar nicht zum Überlegen, sondern drückte zweimal auf den Auslöser. Paul räucherte voller Begeisterung zur Tür hinaus, hinein ins Wohnzimmer und in die Küche, und sie bedankten sich mit einem letzten Gedicht für einen Fünf-Euro-Schein und eine Tafel Schokolade.

Ein paar Tage vergingen. Paul blätterte gerade im Regionalteil des Rottaler Anzeigers, als ihm ein herzlicher Lacher auskam. Endlich entdeckte er den ersehnten Bericht. Drei heilige Könige, die zugunsten der Seniorenhilfe e. V. von Haus zu Haus zogen und ihre Gedichte aufsagten. Auf dem Foto drei Sternsinger: Felix, seine kleine Schwester und ein Mohr mit einem unauffälligen Fingerzeig zu seiner Linken, wo doch gar niemand mehr stand. Oder deutete er auf ein Gemälde, das dort an der Wand hing? Der Zeitungsschreiber Kraibichler hatte Pauls Text zwar aufgehübscht, aber im Wesentlichen nicht verändert. Unter dem Foto stand: Die Sternsinger räuchern das Studierzimmer von Emil Brieglmeier, Lehrer für Deutsch und Geschichte a. D.

Zur gleichen Zeit fuhr in der Mertseestraße ein Polizeiauto vor, um exakt dieses genannte Studierzimmer zu inspizieren. Es folgten Beschlagnahmung, Vorladungen, Beteuerungen und eine Verhandlung, aber zum Schluss blieben trotzdem eine Menge Fragen offen.

Von welchem Flohmarkthändler hatte Herr Brieglmeier das Bild für 120 Euro erstanden?

Stimmt es, dass der Beschuldigte die darauf dargestellte Person nicht als den heldenhaften Pater Still erkannt hat?

Und wenn doch: Was hat ihn dazu bewogen, das wertvolle Gemälde im Besitz zu behalten?

Darüber hinaus blieben Fragen, die polizeilich keine Bedeutung hatten:

Haben sich Pauls Schulnoten im Fach Geschichte nach dieser Erfahrung verbessert?

Wie geht es Frau Rheine?

Konnte das Geheimnis der nächtlichen Geräusche doch noch gelöst werden?

…

ENDE

Quellenverzeichnis

Die Schlacht bei Aidenbach am 8. Januar 1706
Joseph Pamler, 1859

Wahre Mordgeschichten
Johann Dachs, 2004

Heimat an der Grenze
Ernst Dorn, 1997

Matzeder – Räuber, Mörder, Delinquent
Fred Haller, 2010

Bayerisches Volksblatt Regensburg 23. Juni 1851

Regensburger Zeitung, 17. August 1847

Über den Schriftsteller

Fred Haller, geboren 1967, wuchs in einem kleinen Dorf in Niederbayern auf. Sein erster Lehrmeister war Schmied, der Hartes und Handfestes zu formen wusste. Als Techniker schlug er eine Berufslaufbahn im industriellen Qualitätsmanagement ein. Seine heutige Passion, das Schreiben, entdeckte er erst zur Lebensmitte hin. Inzwischen hat er mehrere Bücher und Kurzgeschichten publiziert und schmiedet Gedichte. Bereits sein Debüt-Roman „Matzeder", der 2010 in der Erstausgabe erschienen ist, fand große Beachtung. Denn Oberflächlichkeit liegt Haller nicht, er lässt die Leser tief in die Seelen seiner Figuren blicken.

Buchempfehlung:

Die Saumatz
ISBN 978-3-00-057576-1

Für die einfachen Kleinbauern in Niederbayern ist das 19.
Jahrhundert eine arme und harte Zeit. Besonders, wenn man
den Makel der unehelichen Geburt trägt. Fanni wächst trotzdem zu einer lebenslustigen und starken Frau heran. Keiner
braven allerdings, und so muss sie ihren Herrgott oft um Ver-
zeihung und Hilfe anflehen. Als ihr Leben wieder einmal in
Trümmern liegt, träumt auch sie vom Glück in der Neuen
Welt.

Buchempfehlung:

Johanniswein
ISBN 978-3-00-073454-0

1758. Die Husarenmütze auf dem Kopf, ein Vivat auf den König. Das betrügerische Ritual in weinseliger Runde macht Gregor zum Rekruten für das Militär König Friedrich II. Doch in seinem Herzen kann der gutmütige Forstmann niemals Soldat sein. Als er mit seiner Reiterei in einen feindlichen Hinterhalt gerät, muss er um sein Leben fürchten. Er fleht zu Gott – und kann entkommen. Jahre später lebt er abgeschieden in einer Klause, bis er im Wald einer hilflosen jungen Frau begegnet. Tilda ist seltsam und voller Geheimnisse. Was ist nicht in Ordnung mit ihr? Gregors Entscheidungen bestimmt nicht der Verstand …